KB151931

아자카미 미요
Azakami Miyo

큐슈에서 만난 기모노 차림의 소녀.
현재 기모노 염색 문화가 남아 있는 곳은
큐슈뿐이다.

오오야마츠미노카미
Ooyamatsuminokami

매우 높은 내염성을 지닌 나무.
바닷물을 빨아올려 담수를
모아 두는 성질을 가졌으며,
빨아올린 염분은 낙엽에 모아
밖으로 배출하고 있다.

밀리언

MILLION CROWN

크라운 3

타츠노코 타로 지음
코게차 일러스트

eXtreme novel

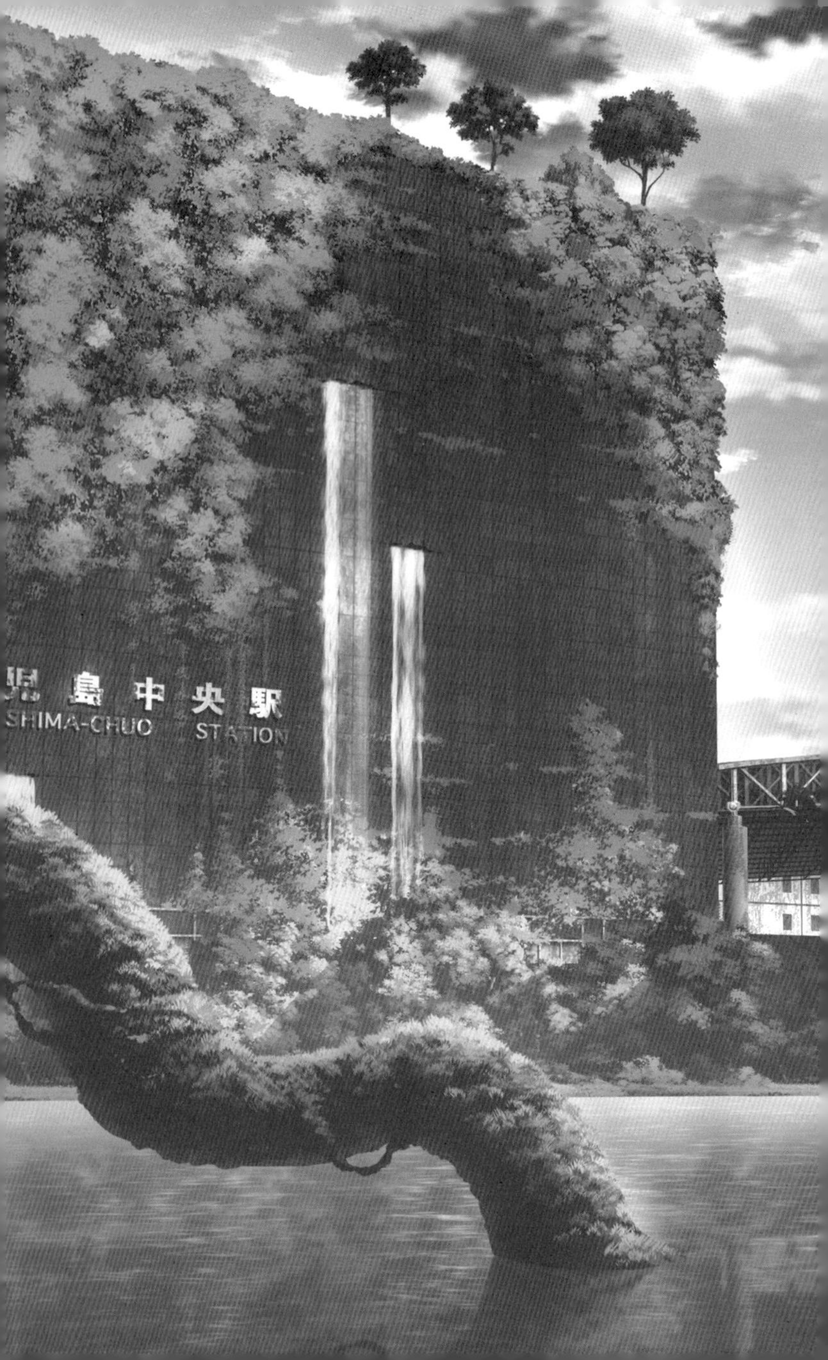

児島中央駅
SHIMA-CHUO STATION

CONTENTS

MILLION CROWN

나무들이 울창하게 자라난 큐슈 수해(樹海).

푸른 바다와는 대조적으로 나무들이 육지를 가득 메우고 있어 그야말로 신록(新綠)의 바다라 칭할 만한 광경이다. 수해에는 잠들어 있는 거구의 짐승들이 내는 고른 숨소리와 밤바람에 흔들리는 나뭇잎 소리밖에 들리지 않는다.

인류 문명을 집어삼키며 성장을 거듭하고 있는 그 나무들은 한없이 튼튼하게 자라났고, 개중에는 거대한 생물처럼 하늘을 향해 뻗어 나가는 개체도 있었다. 극상 상태*에 이르기까지 식물

※극상(極相) 상태 : 식물 군락이 장기간에 걸쳐 세대교체를 반복한 끝에 안정적인 구성을 이룬 군집에 도달한 상태. 안정기라고도 한다.

이 자라난 대지는, 사람의 흔적은 조금도 찾아볼 수 없을 정도로 완전히 점령되어 있었다.

그런 깜깜한 수해의 어느 장소에서, 두 개의 그림자가 꿈틀댔다.

"…정말로 괜찮겠나? 한 번 엎어진 물은 다시 담을 수 없는데?"

밤바람이 불자 길고 검은 머리가 부채꼴로 펼쳐졌다.

아무래도 그림자 중 하나는 여성인 듯했다.

여성의 그림자는 살며시 고개를 끄덕이더니 지칠 대로 지친 목소리로 중얼거렸다.

─네. 이대로 가면, 저는 살해당할 거예요.

…저는, 죽고 싶지 않아요.

"훗… 죽고 싶지 않다라. 나로서는 그 공포를 이해할 수 없군. 어찌 되었든 자아를 획득했을 때 이미 극복한 상태였던 개념이니. 그러한 개념에 겁을 먹고 동족을 배신하는 걸 보면, 너희 인류는 정말이지 구제불능이야."

인간에 가까운 모습의 무언가는 낮고 탁한 목소리로 웃었다. 이쪽은 남성인 듯했다.

진심으로 상대를 업신여기지 않고서는 이런 웃음소리를 내지 못할 것이다. 그는 눈앞에 있는 여성과 그녀가 배신하려 하는 인간들을 업신여기고 있다.

한편, 여성 쪽은 눈에서 굵은 눈물을 뚝뚝 흘리며 속삭였다.

―창피한 줄 알라고, 욕을 먹어도 할 말이 없어요.

…하지만 저는, 그런 식으로 죽고 싶지 않아요.

크나큰 수치심이 담겨 흐르는 보석과도 같은 눈물.

무엇이 그녀를 그렇게까지 궁지로 몰았는지는 분명치 않다. 하지만 수치스러워해야 할 정도로 큰 죄를 짓게 될 것이라며, 그녀는 자기 자신을 책망하고 있다.

조금 전까지 유쾌한 듯 웃던 남성으로 보이는 그림자는 문득 불쾌한 표정을 짓더니 여성의 얼굴에서 시선을 떼었다.

"…흥. 창피한 줄 알아야 할 건 녀석들인 것 같은데. 나로서는 인간들의 윤리관을 도저히 이해할 수가 없군. 네 울음소리도 내게는 실로 불쾌할 따름이고."

"……."

"어찌 되었든, 네게 부족했던 것은 각오뿐이다. 그 각오만 있으면, 위대한 그릇이 너를 받아들일 거다. 이 세계에 군림할 수 있는 열두 왕관이 말이지. 그 힘만 있으면… 지금처럼 눈이 퉁퉁 붓도록 울기만 하는 나날도 끝날 거다."

그는 불쾌한 투로 말을 내뱉더니 등을 돌려 걸어 나갔다.

어두운 빛을 띤 눈이 흐린 하늘을 노려보자, 하늘을 뒤덮고 있던 구름이 그를 두려워하듯 둘로 갈라졌다.

만천의 별이 나타남과 동시에 그는 두 팔을 펼쳐 보였다.

"좀 더 기뻐해도 된다고 생각하는데? 너는 지금, 이 지상에서 가장 강대한 힘을 손에 넣으려 하고 있어. 아무것도 두려워하지 않아도 돼. 죽음의 공포에서 벗어나는 것은 일도 아니게 될 테니 말이야."

"……."

그녀는 긴 머리카락과 함께 고개를 가로저어 그의 말을 부정했다.

그리고 메마른 미소를 지은 채 갈라진 밤하늘을 올려다보며 한숨을 지었다.

—당신은 이 괴로움을 이해하지 못하겠죠.

…날 때부터 고독했던, 당신은.

자포자기한 듯한 말이 흘러나오자, 그의 눈에 순간적으로 적의가 실렸다. 하지만 이내 그 적의를 지우더니 어깨를 으쓱하고서 너스레를 떠는 투로 말했다.

"흥… 뭐, 됐다. 이제 곧 극동의 부대도 올 거다. 내 목적과 네 목적을 달성하려면 녀석들의 존재가 반드시 필요해. 그것을 위해서라도 우선은 성대하게 환영해야지."

그가 근처에 있던 거목을 움켜쥔 순간, 그것이 마치 살아 있는 동물처럼 꿈틀대기 시작했다. 손을 대기만 해도 생명의 형태를 바꾸어 놓을 수 있는 그 힘은, 그야말로 왕관을 지닌 자에게 걸맞은 힘이었다.

네발 달린 짐승을 만들고, 긴 이빨을 가진 뱀을 만들고, 주변에 있는 것을 끌어들여 비대화하는 괴물을 만들어 낸다. 눈 깜짝할 새 무리를 이룰 정도의 숫자가 완성되자 각 개체는 산으로 들로 달려 나갔다.

하나같이 생물의 형태를 취하고는 있지만 자연계에서 발생한 듯한 형상─포름을 띠고 있지 않다.

싸우기 위해 태어났으니 목숨이 다할 때까지 싸우면 그만이다. 그런 의지를 투영하여 만들어 낸 창작물이리라.

큐슈 지방 전역에 펼쳐진 이 나무들은 모두 그의 전력이 될 가능성을 지녔다. 이 땅은 반쯤 그의 영토가 되어 가고 있었다.

"그래. 네게 이걸 건네 두도록 하지."

푸른 꽃을 꺾은 그의 오른손이 전에 없이 눈부시게 빛났다.

그가 꺾은 푸른 꽃은 눈 깜짝할 새에 모습을 바꾸고 질량이 증대되어, 극채색을 띤 아름다운 날개를 펼치기 시작했다.

무미건조한 표정이었던 소녀의 얼굴에 비로소 놀라움이 퍼졌다.

극채색을 띤 날개를 지닌 그 새는 지금까지 그녀가 보아 온 어떤 새보다도 아름다웠기 때문이다.

"웃…?!"

"흠? 감시할 목적으로 푸른 새를 만들려 했는데, 생각보다 훨씬 역작이 되고 말았군. 하지만 이건 이것대로 나쁘지 않은걸. 나의 이상(理想)에 한없이 가까운 이 색조를 보라고. 무의식중에 나의 섬세한 미적 감각이 반영되기라도 한 건가."

후후후. 몹시 만족스러운 눈치였다. 아무래도 그가 창조해 낸 것들 중에서도 유달리 아름다운 새가 만들어진 모양이다.

극채색을 띤 새는 날갯짓을 하며 그녀의 주변을 맴돌더니, 천천히 어깨에 내려앉았다.

그녀가 눈을 빛내며 극채색을 띤 새를 바라보자, 그는 대범하게 고개를 끄덕였다.

"마음에 들어 하는 것 같아 다행이군. 임무가 없을 때에는 네 곁에 있으라고 명령해 두도록 하지. 그런다고 마음의 위로가 될지는 모르겠지만 말이야."

고개를 끄덕여 답했다. 그녀도 마음에 든 모양이다.

그도 자신이 만들어 낸 것에 만족했는지, 또 한 마리의 새를 만들어 냈다.

이쪽은 다소 통통한 극채색 새가 된 탓에 영 볼품이 없었지만,

그는 못 본 척하고 자신이 만들어 낸 괴물들에게 호령했다.

"그럼 가 볼까. 큐슈를 뒤덮은 이 수해(樹海)를… 우리의 첫 번째 영토로 삼으러."

땅을 뒤덮을 정도의 규모가 된 짐승의 무리가 일제히 사납게 울부짖었다.

산과 강을 집어삼킬 정도의 규모가 된 무리는 하나의 생명체처럼 통솔된 움직임으로 돌진했다. 원생(原生) 상태의 짐승은 만들어진 짐승에게 잡아먹혔고, 잡아먹힌 짐승은 새로운 짐승으로 모습을 바꾸었다.

먹으면 먹을수록 늘어나는 생명의 수.

인위적인 윤회를 반복하는 불사의 수해.

큐슈를 집어삼킬 듯 퍼진 무수히 많은 짐승들은 착실하게 자신들의 영토를 넓혀 나갔다.

"칸몬 해협을 지나면 바로 큐슈인가."

"머지않아 재버워크가 움직이기 시작하겠네."

1 장

CHAPTER
1

보름달이 떠오른 심야의 해역.

짙은 안개로 뒤덮인 산요* 해도에 위치한 산속에서 짐승의 울음소리가 들려왔다.

추고쿠* 지방의 산악에는 사람의 발길이 닿지 않은 지역이 다수 존재했고, 일찍이 톳토리 사구라 불렸던 해역에는 모래에 숨은 상태로 배를 습격하는 거구종(Gigant)도 있다고 한다.

인류의 도시가 바다에 가라앉은 현재, 시코쿠 지방과 추고쿠 지방 사이에 위치한 세토 내해는 당시의 세 배에 가깝게 넓어졌다. 해안선을 따라 전진하고 있는 이유는 해저에서 다가오는 적을 감시하기가 용이하기 때문이다.

300년 전까지 추고쿠 지방과 큐슈 지방을 연결했던 철도인 산요 본선은 현재 바다에 가라앉아 산요 해도라 불리고 있다.

16년 전에 해상 루트로 사용하기 위해 산요 해도의 임해 지역에는 음향병기―스크림과 같은 E.R.A병기가 설치되었지만, 근래에는 큐슈 지방과의 교류가 소원해진 탓에 정비가 이루어지고 있지 않았다. 그 때문에 몇몇 E.R.A병기는 기능이 정지되어 있다는 사실이 확인되었다.

부대 대장인 타치바나 유지는 이 상황에 난색을 표했다. 아마

※산요(山陽) : 일본의 지역 중 하나로 세토 내해에 면한 지방. 오카야마, 히로시마, 야마구치 현의 일부.
※추고쿠(中國) : 일본의 지역 중 하나로 톳토리, 시마네, 오카야마, 히로시마, 야마구치 5개 현을 말한다.

노미야 치히로와 함께 전함에서 내린 그는 기능이 정지되기 직전인 음향병기를 보고 땅이 꺼져라 한숨을 내쉬었다.

"아아~ 이건 틀렸네."

"못 쓰는 거야?"

"고물 되기 직전이야. 수리하지 않으면 2, 3일 안에 멈춰 버릴 거야. …큐슈 총련 사람들에게는 미안하지만 잠시 둘러보고 가자. 이대로 뒀다가는 극동이 16년을 들여 만든 세토 내해와 산요 본선의 해상 루트가 물거품이 될 거야."

타치바나가 심각한 표정으로 말했다.

이번 원정에서 기술 책임자를 맡은 그의 말을 무시할 수는 없는 일이다.

"사정이 그렇다면 어쩔 수 없지…. 최악의 경우, 돌아가는 길에는 피난민을 수송하며 행군해야 할 테니까. 해상 루트 확보는 우선도가 높아. 나츠키한테도 그렇게 연락할게."

"부탁 좀 하마. 이쪽은 이쪽대로 내일 오후까지는 끝나도록 해둘 테니까. 좋아, 자식들아! 당장 작업 시작해라!!"

타치바나 대장은 자리에서 일어나 부하들에게 호령을 해 작업에 착수시켰다.

치히로는 통신기를 들고 카야하라 나츠키에게 연락을 했다.

하지만 통신에 응답할 낌새가 전혀 없었다.

"…나츠키가 연락을 안 받네. 아침부터 계속 안 보이는데, 괜찮은 걸까?"

카야하라 나츠키는 이번에 혼합부대의 총지휘를 맡은 동시에, 전권 대사로 임명되기도 했다. 더불어 이번 원정에는 중화대륙연방의 대사도 동행하고 있어 그들과 속고 속이는 물밑싸움이 일상적으로 이루어지고 있었다.

육체적으로나 정신적으로나 피로가 쌓였을 것이다.

"머지않아 큐슈에 상륙해야 하니, 쉬고 있다면 그냥 두는 게 좋으려나…. 저기, 타치바나 씨! 카즈마 어디 있는지 알아?"

"카즈마? 그 녀석이라면 유기된 도시부 쪽을 보러 갔는데. 수해에 가라앉아서 위험하다고 충고를 하긴 했지만… 뭐, 그 녀석이라면 문제없겠지."

"알겠어. 찾아올게."

치히로는 신형 B.D.A―가공입자인 타키온을 방출하는 비공체(飛空體)를 일곱 기 거느리고 수해에 발을 들였다.

말하자면 가공입자를 방출하는 드론인 셈인데, 이토록 탐색에 적합한 B.D.A도 없을 것이다. 지금의 치히로는 토도 츠나요시가 지닌 의안형 B.D.A 일곱 개를 동시에 다루고 있는 것이나 다름없었다.

'중화대륙연방의 B.D.A라…. 국산품에 대한 집착은 없지만, 축적 데이터는 나중에 넘겨줘야 하는 거였지?'

말이 좋아 무상 대여지, 상대도 실패했을 경우의 인적 피해를 경감시키고자 하는 속셈이 있었다. 어떤 시대든 완전한 선의로 이루어지는 교섭은 존재하지 않기 마련이니 그것은 어쩔 수 없는 일이지만, 이익이 될 정보를 선뜻 내주고 싶지는 않았다.

시험 삼아 비행체 βⅠ과 βⅡ를 기동해서 가공입자를 방출시켜 보았다.

'큭…!'

전방 약 2킬로미터의 영상정보가 B.D.A를 통해 한꺼번에 밀려들었다. 영상정보의 선명도가 높아 일시적으로 부하가 걸렸다.

가공입자의 침투 속도도 빠르고 통상 광학병기보다 정밀도가 높았다.

B.D.A의 기술 개발은 신합중국(新合衆國)이나 EU연합이 선진적이라고 들었지만, 최근에는 중화대륙연방도 얕잡아볼 수 없는 수준에 도달한 듯했다.

'큭… 편리하기는 하지만, 이 영상기록도 전부 내놓으라는 거잖아. 그래도 괜찮은 걸까?'

일반적으로 생각하면 괜찮지가 않다. 치히로가 이것을 사용하면 사용할수록, 결과적으로 일본 제도(諸島)의 현재 지형을 중화대륙연방이 더욱 자세히 파악하게 될 것이기 때문이다.

하지만 현재 극동에는 B.D.A를 독자적으로 개발할 만한 여유가 없다.

인류 퇴폐의 시대라고는 하나 과거의 기술이 완전히 소실된 것은 아니다. 하지만 극동에는 기술 개발에 할애할 인적 자원이 충분치 않다.

국외의 B.D.A기술은 현대에 들어 기술의 진화속도가 빨라졌다고 한다.

현대에는 입자체—나노머신이 과잉산포되어 거구종과 환수종(Grimm)이 넘쳐 나고 있어, 연구 대상이 부족할 일이 없기 때문이다.

인류 부흥이라는 대의명분을 내세워 인체실험을 합법화한 나라도 있다고 한다.

'밀리언 크라운이 태어난 나라는 그나마 방어능력이 있지만, 그렇지 않은 나라에는 혹독한 세상이지. 작은 나라끼리 서로서로 연합을 맺은들, 위기가 닥치면 서로의 영지로 피난을 갔다가 파괴된 고향으로 다시 돌아가는 수밖에 없으니까.'

생각만 해도 가슴 아픈 광경이다.

나라를 만드는 작업은 하루아침에 할 수 있는 행위가 아니다.

시간을 들여, 여러 세대에 걸쳐, 오랜 역사를 쌓아 올려야 비로소 하나의 국가라는 모양새를 갖출 수가 있다. 그렇듯 피나는 노력으로 일군 자신들의 나라가 괴물들에게 유린당하는 꼴을 잠자코 보고 있을 수밖에 없는 것이다.

인체실험 같은 비도덕적인 일을 허용하는 것도 이 시대의 비참한 일면이라 할 수 있을지 모른다.

'극동도 그런 상황에 몰릴 가능성이 아주 없지는 않아. 자국에서 B.D.A를 양산할 수 있게끔 되어야만 해.'

다시 기합을 넣으며 밤의 수해로 뛰어든다.

목적한 인물이 그리 멀지 않은 장소에 있었기 때문이다.

짐승들이 다니는 길을 따라 똑바로 가자, 머지않아 폐건물들이 가득한 들판이 나타났다.

푸른 들꽃이 딱딱한 인조 도로를 뚫고 들판 일대에 꿋꿋하게, 흐드러지게 피어 있다.

300년 전 유기된 도시 중에서도 오래된 거리로 보였다. 이 지역은 '유기유체물(有機流體物)'에 의한 형상보전이 도입되지 않아 자연에 의한 문명의 해체가 진행되고 있는 듯했다.

푸른 꽃이 흐드러지게 핀, 환상적인 풍경 속에서.

진홍빛 가죽 재킷을 입은 청년이 두 마리 거대한 늑대의 시체 앞에서 합장을 하고 있었다.

경건한 의식이라도 치르는 것 같아 말을 붙이기 어려운 분위기였지만, 그냥 내버려 둘 수는 없는 일이었다.

치히로는 어흠, 하고 헛기침을 하여 기합을 넣고서 다소 작위적인 미소를 띤 채 카즈마에게 말을 걸었다.

"뭐야, 뭐야, 이런 데 있었어, 카즈마? 혼자서 수해를 돌아다니면 위험하잖아. 무서운 늑대가 덤벼들기라도 하면 어쩌려고?"

"…아마노미야인가. 언제부터 거기 있었지?"

"조금 전부터. 너답지 않게 내가 다가오는 것도 못 알아챈 거야?"

무슨 고민이라도 있냐고 에둘러 물었다.

카즈마는 도검에 묻은 피를 털어 내고 푸른 꽃이 흐드러지게 핀 들판을 둘러보았다.

"아마노미야는 이상하지 않아?"

"뭐가?"

"지난번에 싸웠던 재버워크는, 시체를 조종할 수 있었어. 그건 다시 말해서 죽이면 죽일수록 많은 병력을 모을 수 있다는 뜻이기도 하지. 그렇다면 머릿수를 늘려 간몬 해협에 방어선을 치는 게 정석일 텐데."

흠. 치히로는 팔짱을 끼었다. 아무래도 단순한 문제로 걱정을 하는 게 아닌 모양이다. 생각했던 것보다 내용이 충실한 이야기인 것 같다며 귀를 기울였다.

―원정 전에 극동을 습격했던 불사의 괴물 '재버워크'.

이 시대를 지배하는 열두 왕관종(Crown) 중 한 마리가 큐슈 총련을 공격했다는 정보가 들어온 것이 대략 일주일 전이다. 큐슈는 이미 재버워크의 손에 넘어갔다고 봐야 할 것이다.

격정과 증오가 가득한 눈으로 카즈마를 죽이겠다고 선언했으니, 재버워크는 반드시 그들을 공격해 올 것이다.

"칸몬 해협에 나타난 우리를 요격하기 위해 방어선을 깔고 해상에서 발을 묶는다. 해전이 시작된 후에 복병이 후방에서 빈틈을 찌르면 적은 완승을 거두겠지. 그리고 그 복병을 숨겨 둘 만한 곳은⋯."

"아아, 그렇구나! 이 근처 산악이 의심된다는 뜻이구나!"

납득했다는 듯 손뼉을 짝 쳤다.

적은 전함이 아니다. 진군하려면 진형을 구축하거나 부자연스러운 무리를 형성하고 있을 가능성이 높다.

그렇다면 선수를 쳐 두자고 카즈마는 생각했던 것이다.

"헤에, 카즈마는 싸움을 논리적으로 생각하는 타입이구나. 살짝 의외네."

"그런가?"

"그래. 일리 있는 의견이었고, 그럭저럭 다시 봤어. ⋯뭐, 이 근처는 이미 토도 씨의 명령으로 색적이 끝난 상태지만."

카즈마는 문득 놀란 듯한 표정을 지었다.

그리고 그 말의 의미를 깨닫자마자 창피한 듯한 얼굴로 목덜미를 긁적였다.

"그, 그랬군. 토도 씨가 이미 선수를 쳤었나. 그렇지, 원정군에 있었던 정규 군인이니까. 그 정도는 생각하고도 남겠지."

"그래. 카즈마의 기지(機智)는 인정하지만, 우선은 주변에 상의해 보는 걸 권장하겠어. 우리 색적반이 뭣 때문에 있다고 생각하는 거야."

카즈마는 난감하게 됐다는 듯 다시 한번 목덜미를 긁적였다.

치히로는 집게손가락을 세운 채 커다란 가슴을 펴고서 자랑했다.

하지만 그녀도 전략 의도를 이해하고 한 일은 아니었다.

그녀는 원정군에서 전향한 토도 츠나요시의 명령에 따라 움직인 것에 불과하지만, 가끔은 선배 노릇을 해 보고 싶기도 했기에 자세한 이야기는 하지 않기로 했다.

그 말을 들은 카즈마는 더더욱 진지한 얼굴로 늑대의 시체를 향해 합장을 했다.

"그렇다면 더더욱 이 늑대 가족에게 미안한 짓을 한 셈이군. 세력권을 어지럽힌 것도 모자라 공연히 목숨까지 빼앗다니, 역시 난 아직 한참 미숙했어."

분하다는 듯 눈을 감는다.

거구종 늑대는 일격에 심장을 꿰뚫려 죽었다. 여전히 적을 상대할 때는 망설임이 없구나 싶었는데… 아무래도 새끼가 있는 늑대였던 모양이다.

카즈마가 어떤 생각으로 분통해하는 것인지를 안 치히로는 놀람과 동시에 어떻게 반응을 해야 하나 망설였다.

거구종이나 환수종은 대부분의 경우 인간보다 강대한 존재로 나타나는, 인류의 천적이다. 쓰러뜨린들 아무도 슬퍼할 리가 없는 데다, 나무랄 사람도 없다.

죽이지 않으면 언제 살해당할지 모르는 불구대천의 적이라 해도 과언이 아니다.

하지만 카즈마는 그 거구종을 죽이고 가슴 아파하고 있다. 아무리 세력권을 어지럽혔다지만 자신을 죽이려 한 짐승인데.

인류가 영장류를 자칭했을 때에는 이 강자 특유의 오만함이 허락되었을지도 모른다.

하지만 지금은 다르다. 영장류의 자리에서 굴러떨어진 인류가 자신과 다른 종족에게 무턱대고 연민의 정을 품어서는 아무리 카즈마가 강하다 해도 언제 발목을 잡힐지 모를 일이다.

치히로는 이거 어쩐다, 하고 머리카락을 지분거렸다.

'…뭐, 아무렴 어때. 나 말고 다른 사람이 본 것도 아닌데.'

나무랄 기회는 앞으로도 많을 것이다.

죽음을 애도하는 행위에 선악이 있을 리 없다. 300년 전의 가치관을 가지고 이 시대를 살아가고 있는 카즈마의 행동 하나하나에 트집을 잡아 혼내는 것은 뭔가 잘못된 일 같았다.

합장을 하고 얼마간 명복을 빌던 두 사람은 거의 동시에 고개를 들었다.

"…기분은 좀 나아졌어?"

"그래. 내 감상적인 행동에 어울리게 해서 미안하군."

"괜찮아, 이 정도는. 늑대의 시체는 버리기 아까우니 나중에 타치바나 씨네 부대에 연락해서 가지고 돌아가 달라고 하자. 보존식으로 만들기에는 충분한 양이니까."

…보존식으로 만드는 건가, 카즈마는 벌레라도 씹은 듯한 표정을 지었다.

늑대의 고기는 아무리 생각해도 딱딱해서 먹을 것이 못될 것 같았지만, 굳이 딴죽을 걸지는 않았다. 분명 이 시대를 살아가는 인간들의 지혜로 늑대 고기를 맛있게 먹는 법을 고안해 낸 것이리라.

"그럼 가자! 칸몬 해협을 지나면 드디어 큐슈 제도야. 이 일대는 바다 쪽으로 튀어나온 산악지형이 많아서 수륙 양서(兩棲) 거구종이 많아. 이쪽이 전함에 타고 있어도 올라탈 가능성은 충분히 있어. 방심하고 있다가는 순식간에 침몰당할걸?"

"알겠어. 앞으로 조심하지. …아 참, 아마노미야. 이따가 시간 있어?"

"이따가? …응, 있기는 한데. 무슨 일이야?"

"상의하고 싶은 게 있어. 나츠키에게도 말 못 할 중대한 일이야."

놀라서 눈을 깜빡였다.

치히로에게는 이야기할 수 있지만 나츠키에게는 말할 수 없는 내용은 극동에 존재하지 않을 터.

어찌 되었든 나츠키는 특권 장관인 적복이자 개척부대의 총괄역이자 큐슈 원정군의 총사령관이자 전권 대사이기 때문이다. 치히로보다 어린 소녀라는 것이 도무지 믿기지 않을 정도다.

그런 그녀에게 할 수 없는 이야기라면 분명 꺼림칙한 내용일 것이다.

"…설마, 스파이 조사를 하려는 건 아니겠지?"

"그럴 리가 없잖아. 신입에게 스파이 조사를 시키는 나라가 어디에 있겠어."

"뭐, 그건 그러네. 좋아, 들어 줄게. 나츠키에게는 말 못 할 이야기라는 것도 신경 쓰이니까…. 아 참, 그러고 보니!"

치히로가 무언가가 생각난 듯 손뼉을 짝 쳤다.

머리카락을 나부끼며 고개를 돌리더니 카즈마를 가리키며 물었다.

"나츠키 얘기가 나와서 말인데 카즈마, 어디서 나츠키 못 봤어? 오늘 아침부터 계속 안 보이는데."

나츠키가? 카즈마는 고개를 갸웃했다.

"아침부터 안 보인다니… 그거, 위험한 거 아닌가? 나츠키가 전함 안에서 길을 잃을 일은 없을 텐데."

"그러게 말이야. 전함은 은근히 넓은 데다 복잡하게 뒤엉켜 있어서 오늘처럼 조례가 없는 날에는 얼굴을 마주치지 못해도 이상할 건 없지만…. 왜, 요즘 들어 예전보다 더 무리를 해 왔잖아? 그래서 상륙하기 전에 얼굴을 봐 두고 싶었거든."

치히로가 뺨에 손을 가져다 댄 채 한숨을 내쉬며 말했다. 카즈마도 동감이었다.

도쿄와 오사카에서 나츠키와 함께 시간을 보내 온 카즈마가 보기에도 그녀의 업무량은 상식을 초월해 있었다.

집정회장이 휴식을 취하라는 지시를 내리기는 했지만 재버워크의 습격이 있었던 탓에 그럴 수가 없는 상황이 되고 만 것이었다.

"보나마나 나츠키는 내 눈에 띄지 않는 곳에서 일을 하고 있을 거야. 만약 내일 아침까지 안 보이면 내 B.D.A를 써서 함내를 탐색해 볼게."

"음? 지금 당장 사용하면 안 되는 건가?"

"가공입자를 대량으로 방출하기 때문에 유사시가 아니면 함부로 사용하고 싶지 않거든. 모든 사람들이 카즈마처럼 입자량이 많은 줄 알아?"

성진입자체—아스트랄 나노머신을 체내의 혈중경로로 가속해서 가공입자로 변환하고 있는 이상, 그 입자량은 유한할 수밖에 없다. 전함 전체를 탐색하려면 상응하는 입자량이 필요하다.

…라는 것은 핑계고, 사실은 중화대륙연방의 B.D.A로 전함 안을 탐색하고 싶지 않다는 방위적인 이유도 있었다.

"무조건 그런 것은 아니지만, 최대입자량과 입자회복량은 비례하는 경우가 많아. 카즈마는 800만을 넘으니 순간소비량과 순간회복량이 거의 비슷하지 않을까?”

“…뭔가, 영구기관 같군.”

“인체라 관리가 힘들기는 하지만. 그럼 나중에 봐… 라고 말하고 싶지만….”

치히로는 피를 뒤집어써서 더러워진 카즈마의 몸을 위아래로 훑어보더니 살짝 불만스러운 표정을 지었다.

“음~… 미안하지만, 내가 방으로 갈 때까지 목욕탕에 가서 깨끗하게 씻어 둬. 너 지금 꽤 냄새가 심하거든?”

눈살을 찌푸리며 충고하기에 카즈마는 매우 상처를 받았다.

표정에 드러내지는 않았지만 한창 나이의 청년이 또래 소녀에게 대놓고 ‘냄새 난다’는 소리를 들었으니 상처를 받을 만도 했다.

카즈마는 자신의 옷깃을 당겨 냄새를 맡으며 난감한 투로 되물었다.

“…내가, 그렇게 냄새나?”

“바보, 피비린내가 난다는 뜻이야. 오늘 밤이 지나면 당분간 몸을 씻을 기회가 오지 않을 테니, 나를 기다리는 동안 씻어 두는 걸 권장하겠어. 사람을 방으로 부를 거면 그만한 준비를 해두는 게 매너 아냐?”

치히로가 집게손가락을 세운 채 웃었다.

함내의 대욕장은 남녀가 교대로 사용하고 있는 시설이다. 말투로 미루어 지금은 남성 승조원의 사용 시간인 모양이다.

"쉴 수 있을 때 쉬는 것도 업무의 일환이야. 그럼 이따 봐."

치히로는 팔랑팔랑 손을 흔들며 그 자리를 뒤로했다.

그 후 타치바나에게 거구종의 시체가 있는 곳을 보고한 치히로는 반송(搬送)용 소형정을 타고 먼저 드레이크Ⅲ로 돌아갔다.

자신의 방으로 돌아와 옷을 벗어 던진 치히로는 늘어져라 하품을 하며 커튼을 젖혔다.

밤하늘의 별은 기분 나쁠 정도로 밝게 지상을 비추고 있었다.

맑은 공기와 불온한 밤바람이 불어 나가는 방향에, 어렴풋이 큐슈 지방의 윤곽이 보이기 시작했다. 세토 내해를 무사히 건넌 것은 기뻐할 일이었지만 지나치게 순조로운 항해였다.

카즈마가 협공을 경계한 것도 행군 자체가 너무 순조로웠기 때문이리라.

'칸몬 해협에 방어선을 치고 있을 거라는 카즈마의 견해는 대체로 옳아. 나츠키와 토도 씨도 같은 의견이었고 중화대륙연방도 경계를 강화하고 있으니까.'

추고쿠 지방과 큐슈 지방의 경계에 위치한 칸몬 해협은 현재 수위가 상승하여 칸몬 해역이라 불러야 마땅한 환경이 되었지만, 과거에는 겐페이 전쟁*의 최종결전이 이루어진 땅으로 유명

※겐페이 전쟁 : 1180년 겐씨(源氏)—미나모토 씨와 헤이씨(平氏)—타이라 씨 일족이 패권을 놓고 벌인 전쟁으로 카마쿠라 막부가 수립되는 계기가 되었다.

한 해협이었던 장소다.

분명 모두가 이 땅에서 재버워크를 상대로 단노우라 전투[*]를 재연하게 될지도 모른다고 각오를 다졌을 것이다.

'이 칸몬 해협에서 공격해 오지 않았으니, 우리를 큐슈로 끌어들이려는 속셈이라고 봐야 할 거야. 그럼 이 평온함 자체가 함정이라 생각하는 게 타당하겠지.'

적의 동향을 알 수 없는 이상, 모든 사태에 대비를 해 둘 필요가 있다.

최악의 경우에는 큐슈 총련의 생존자를 조금이라도 많이 거두어 이 지역에서 이탈하는 것도 염두에 두어야 하리라.

'우리에게는 그러는 편이 더 나아. 왕관종과의 결전은 원정군, 타츠지로 씨와 합류한 뒤로 미루는 게 최선이니까. 큐슈에서 도망쳐 다니며 정신없게 만들어 주겠어.'

셸터가 파괴되었으니 이제는 한시도 지체할 틈이 없다.

생존자가 도망쳤으리라 추측되는 장소를 샅샅이 뒤지며 돌아다녀 적을 교란시켜야 한다. 드레이크Ⅱ, Ⅲ의 속도라면 2주 안에 주요 지점을 모두 돌아볼 수 있다.

그러기 위해서라도 치히로를 비롯한 적복이 하나가 되어 임무를 수행해야 한다.

※단노우라 전투 : 1185년 단노우라에서 이루어진, 타이라 가문이 멸망에 이른 겐페이 전쟁 최후의 전투.

'우리 세 명은 각각 맡은 역할과 특기분야가 달라. 큐슈에 들어가기 전에 우리끼리 의논을 하는 것도 나쁘지 않겠어. 카즈마가 상의하고 싶다는 이야기를 듣고 나면 나츠키도 불러서 셋이서 얘기해 볼까.'

벗은 옷을 정리하고 새 옷을 꺼냈다.

낑낑대며 속옷을 갈아입은 치히로는 매우 진지한 얼굴로 자신의 풍만한 가슴을 내려다보며 "슬슬 본격적으로 걸리적거리네. 잘라 버릴까."라는 흉흉한 소리를 중얼거렸다.

어릴 적부터 장래가 유망했던 치히로는 같은 또래 아이들보다 윤택한 식생활을 누렸던 덕분에 키와 가슴이 불필요하게 성장하고 말았다. 이래서는 기동성만 떨어진다.

잘라 버릴까, 라는 말에는 본심이 담겨 있었지만 그건 그것대로 문제가 있었다.

유럽에는 가슴이 지나치게 자란 여성 전사가 자신의 가슴을 잘라 낸 결과, 순환계수가 저하되었다는 기록이 있다는 모양이다. 혈관이 가속경로이기 때문에, 유방을 잘라 내면 수치는 떨어질 수밖에 없다는 것이다.

'옛날 만화에는 가슴이 작은 여성이 큰 여성을 질투하는 묘사가 자주 등장하는데… 아무리 봐도 입장이 바뀐 것 같은데.'

이런 가슴을 가지고 있으면 근접전투를 할 때 걸리적거리기만 한다.

34

어떻게든 근육으로 바꿀 방법이 없는지 카즈마에게 물어볼까, 따위의 생각을 하며 방을 뒤로했다.

장교용 방은 서로 가까운 곳에 위치해 있다.

나츠키의 방은 원래 원정군의 총괄 역인 와다 타츠지로가 사용했던 선실이다. 남성이 사용했던 방이니 불편한 점도 많으리라.

'혹시, 그것 때문에 방에 없었던 걸까?'

한 번 더 나츠키가 방에 있는지 확인해 보자는 생각에 치히로는 우선 나츠키의 방으로 향했다. 어차피 방은 가까우니 문제없을 것이다.

가벼운 마음으로 인터폰의 버튼을 눌러 보았다.

…당연하게도 대답이 없었다.

역시 아무도 없는 걸까 생각하며 문고리에 손을 대 보았다.

'…응? **열려 있어?**'

너무 부주의한 것 아닌가 싶었지만 나츠키의 성격상 문을 열어 놓고 다닐 리가 없다.

안에 여러 사람이 있다는 사실을 알아챈 치히로는 헉, 하고 숨을 집어삼키는 동시에 예기치 못한 사태가 벌어졌음을 직감했다.

치히로는 그 즉시 허리에서 총을 뽑고 벽에 붙어서, 소리가 나지 않도록 천천히 문을 열었다. B.D.A를 가져오지 않은 것이 후회됐다. 치히로의 능력으로는 B.D.A 없이 투시를 할 수가 없다.

방 안에 사람이 두 명 있다는 걸 알아내는 정도가 고작이었다.

치히로는 상대방이 선수를 치기 전에 힘차게 앞으로 돌진했다.

"큭, 아얏?!!"

"꼼짝 마라. 저항하지 않으면 거칠게 다루…지, 는…."

빛이 번뜩이는가 싶더니 칼집에 든 시노노메 카즈마의 칼이 치히로의 총을 날려 버렸다.

치히로는 지체 없이 또 한 자루의 총으로 손을 뻗었지만, 임전 태세를 갖춘 상태로 그 자리에 굳어 버리고 말았다.

얇은 옷차림으로 침대에 누워 있는 카야하라 나츠키의 모습이 눈에 들어왔기 때문이다.

"치, 치히로?"

"나… 나츠키?! 왜 그렇게 얼굴이 새빨갛게 달아올랐어?! 게다가 왜 그렇게 얇은 옷차림으로 있어?!! 아니, 왜 속옷 바람인 건데?!! 왜 와이셔츠와 속옷만 걸친 채 카즈마랑 단둘이 있는 거야?!!"

"아니, 잠깐, 아마노미야. 그 말에는 어폐가 있어. 그리고 가능하면 조용히 해 줬으면 하고, 뭔가를 완전히 오해한 듯한 얼굴로 나를 쳐다보지 말아 줬으면 하는데."

카즈마는 동요를 표정에 나타내지 않고 냉정하게 치히로를 진정시켰다. 치히로는 아주 잠시 카즈마가 나츠키에게 몹쓸 짓을… 속된 말로 나츠키를 확 자빠뜨려서 이러쿵저러쿵 한 것이 아닐까 싶었지만, 성실함 빼면 시체인 카즈마가 그럴 리가 없다고 생각을 고쳤다.

나츠키에게 달려간 치히로는 그녀의 몸이 이상할 정도로 뜨겁다는 사실을 알아챘다.

도저히 인체가 발할 수 있는 열이 아니다.

"열 좀 봐…! 이거, 체내의 입자체─나노머신이 과잉연소하고 있잖아…!!! 당장 억제제를 놓아야 해!! 카즈마가 의무실에 가서 가져와!"

"괘, 괜찮아. 억제제는 방금 썼으니까. 조금 있으면 열도 내릴 거야."

나츠키는 숨을 헐떡이며 걱정하지 말라고 말했다.

치히로는 곁눈질로 억제제가 든 봉투를 확인했다. 나츠키에게 처방된 것이 분명하다. 다시 말해 나츠키는 억제제를 지속적으로 사용해야만 하는 상태였다는 뜻이다.

"아아, 정말. 땀범벅이잖아…! 일단 땀부터 닦자! 자, 등 돌려! 카즈마는 타월 가져오고!"

"여기 있어."

"그리고 차가운 물도 가져와!!"

"여기 있어."

"나이스 보조! 그럼 갈아입을 옷도 가져와 줘!!!"

"……. 알겠어. 아마노미야가 그렇게 말한다면….”

"자, 자, 잠깐만! 아무리 나라도, 남자애가 내 옷장을 뒤지는 건 부끄럽단 말야…!”

여성스러움이란 것이 고사해 버렸다느니 한창 나이의 여자애 같지 않다느니 하는 소릴 듣는 나츠키였지만 수치심이 없는 것은 아니다. 치히로는 어쩔 수 없다는 얼굴로 나츠키의 옷장에서 잠옷과 속옷을 꺼냈다.

카즈마가 말없이 등을 돌리자 치히로는 나츠키의 옷을 벗겨내고 타월로 땀을 닦기 시작했다.

"그래서? 오늘 아침부터 안 보였던 건 열이 나서야? 하루 종일 찾아다닌 나한테는 똑바로 설명해 줄 거지?”

"으… 화, 화 안 낼 거라고 약속해 줄 거야?”

"못 해. 아니, 내가 아니라 카즈마를 의지한 것도 마음에 안 들어. 뭐, 남자애가 몸을 닦아 줬으면 했던 거라면 얘기가 다르겠지만.”

"그, 그런 거 아니야. 카즈 군이랑은 우연히 만난 거고….”

"호오? 호호오? 한 시간 전까지 밖에서 늑대랑 어울리고 있던 카즈마가, 우연히 나츠키의 방에 들어와서 우연히 빈사 상태의 나츠키를 발견하기라도 했다는 거야? 엄청난 우연도 다 있네.”

가시 돋친 비아냥거림의 연타에 몸이 절로 움츠러들었다. 말 한마디 한마디에 이미 분노가 배어 있는 듯한 것은 기분 탓이 아닐 것이다.

"뭐, 됐어. 몸 상태가 안 좋은 나츠키에게 설명하라는 건 좀 그러니까, 카즈마한테 물어봐야지."

"나한테?"

"그래. 너 말고 누가 있다고."

"…아니, 잠깐만 기다려 줘. 이 상황에 이르기까지의 경위를 내 입으로 설명하는 건, 매우 어려운 일이야. 오해가 생기지 않도록 설명할 자신이 없어. 그런데도 듣고 싶다면, 애초에 아무에게도 잘못이 없다는 전제하에 이야기를 들어 줬으면 하는데."

호오오오. 치히로가 의아한 눈으로 카즈마를 쳐다보았다.

명백하게 의심으로 가득한 눈이다.

아무래도 어떻게 해서든 우발적으로 일어난 일이라고 주장하고 싶은 모양이다. 어떠한 경위를 거쳐 이러한 상황에 도달했는지는 전혀 모르겠지만, 변명거리가 있다면 들어 봐야 하리라.

나츠키의 땀을 닦아 주고 억지로 잠옷으로 갈아입힌 치히로는 지난 한 시간 동안 무슨 일이 있었는지에 대한 이야기에 귀를 기울이기로 했다.

2 장

CHAPTER
2

한 시간 정도 시간을 거슬러 올라가서.

해상에 정박 중인 드레이크Ⅲ로 돌아온 시노노메 카즈마는 배의 갑판 위에서 큐슈 지방의 윤곽을 바라보고 있었다.

"…이제 곧 큐슈인가. 배로 오니 역시 멀군."

오는 도중에는 그다지 위험한 일을 겪지 않고 비교적 안전한 여행을 할 수 있었다.

오늘 중에는 큐슈 제도에 도착할 것이다.

환경제어탑의 관리 AI '아우르겔미르'에게 받은 특수단자 데이터 칩… 아니, 300년 전에 어머니가 맡겼다는 그 데이터 칩을 꺼낸 카즈마는 벌레라도 씹은 듯한 표정을 지었다.

'결국 이 데이터 칩에 관해서는 누구와도 상담하지 못했군. 이대로 가면 나 혼자 단서를 찾아야 할 텐데.'

그것은 아무리 생각해도 무모한 짓이었다.

반드시 찾아야 하는 것은 관제실만이 아니다.

일본의 정규 관리 AI '아마쿠니'를 찾아내어 자신의 사정을 이해시킬 필요도 있다. 이 시대에 관한 상식이 결여된 카즈마가 혼자서 정보를 수집하고, 행방이 묘연한 관리 AI를 찾아내고, 비밀리에 정보를 캐내는 것은 아무리 생각해도 현실적이지 못하다.

'나츠키나 타츠지로 씨에게 털어놓고 싶었지만 나츠키는 원정중에도 바빠 보였고 타츠지로 씨는 연락을 할 수가 없었지. 이건 좋지 않은데.'

머리를 쓸어 올리며 어떻게 할까, 하고 하늘을 올려다봤다. 타치바나나 세이시로를 믿지 못하는 건 아니지만, 사안이 사안인 만큼 상담할 상대는 신중하게 골라야만 한다.

무엇보다 정보 수집을 위해서라도 그에 상응하는 입장에 있는 상대에게 상담해야 의미가 있다.

"나츠키와 타츠지로 씨가 안 된다면… 다른 후보자는, 역시 아마노미야밖에 없나."

쿠도 집정회장은 못 미덥다고 말했지만, 재버워크와의 전투 이후 보인 그녀의 활약은 실로 괄목할 만했다. 애초에 우수한 인재가 아니었다면 적복을 받지도 못했을 테니 잠재력은 원래부터 있었다고 봐야 할 것이다.

'아마노미야는 리츠카의 자손이기도 해서 위험한 일에 끌어들이지 않으려 해 왔지만. 거꾸로 생각하면 신원이 완벽하게 보증되는 데다 괜한 의심을 품을 필요도 없지.'

카즈마가 경계해야만 하는 조건은 두 가지다.

첫 번째는 300년 전 사건의 주모자들과 혈연관계일 가능성이 있을지도 모르는 인물.

두 번째는 제어탑의 이권에 얽힌 진실을 알고 있을 가능성이 있는 인물.

…나츠키에게 비밀을 털어놓는 것을 주저했던 이유는 전자에 해당할 가능성이 있었기 때문이다.

개척부대의 일원들에게 나츠키의 출신에 관해 물어보았지만, 이상하게도 그 누구도 아는 이가 없었다. 같은 적복이자 오래 알고 지낸 사이인 아마노미야 치히로조차도 몰랐다.

이런 시대이기에 타인의 과거를 캐묻는 것은 무례한 짓이라고 여기는 눈치였다. 하지만 입국이나 국적 취득 수속이 필요한 이상, 적어도 쿠도 집정회장과 원정군의 필두인 와다 타츠지로, 두 사람은 알고 있을 것이다.

본래는 좀 더 의심을 사도 어쩔 수 없는 입장이지만 나츠키가 극동에 헌신하고 있다는 사실은 모든 이가 아는 바였다. 나츠키의 업무량을 보고도 그녀를 의심할 이는 아마 없을 것이다.

'아마노미야는 광역색적능력도 있지. 이 이상의 적임자는 없어.'

이미 밤이 깊었다. 지금 이야기를 꺼내면 날짜가 바뀌어 버릴지도 모른다. 이야기를 들어 달라고 말을 한 이상, 나름의 준비를 하고 기다리는 것이 도리일 것이다.

"…목욕하고 나서 탕비실에 들러 볼까."

갑판에서 내려가 복도를 지나 욕탕이 있는 방향으로 향했다.

좌현 쪽을 걷고 있었기에 시선을 바깥으로 돌리면 큐슈 제도의 윤곽이 슬그머니 보였다. 칸몬 해협에 면한 후쿠오카 현의 주요 도시는 이미 바다 밑에 가라앉아 버렸다는 모양이다.

인구 천만 도시—메가 시티가 아닌 도시는 내륙을 제외하고 거의 다 침몰했기 때문이다.

좁은 육지를 두고 싸우고 있는 지역의 거구종과 환수종에는 매우 위험한 개체가 많다고 한다. 앞으로 격렬한 싸움이 벌어질 가능성도 있을 것이다.

카즈마는 칼자루를 움켜쥔 채 큐슈 제도의 윤곽을 노려보았다.

"300년 후의 큐슈라…."

이 땅 역시 카즈마가 알던 때와는 몰라보게 변화했을 것이다.

카즈마도 큐슈는 과거에 세 번 정도 방문한 적이 있다.

할아버지의 대리로 다른 유파와 시합하기 위해 찾은 것이 두 번, 옥룡기 대회까지 합쳐서 총 세 번이다.

옥룡기 대회는 100년도 전부터 개최되어 온, 일본에서도 역사가 있는 검도대회 중 하나다. 카즈마가 유일하게 참가했던 고등학교 공식전이 이 옥룡기라는 대회였다.

큐슈 원정길에서는 즐거운 추억이 많았던 만큼, 이 시대의 황폐한 모습을 상상하자 가슴이 아파 왔다. 도시였던 도쿄와 오사카보다 풍요로운 자연 환경을 자랑했던 이 대지에서는 분명 칸토와 칸사이보다 훨씬 치열한 생존경쟁이 벌어지고 있을 것이다.

전에 없이 격렬한 전투가 벌어질 것으로 예상된다.

몸과 마음을 가다듬을 생각으로 욕탕으로 향한 카즈마는 탈의실 문을 열었다.

"……응?"

어라…. 카즈마의 머리가 정지해 버렸다.

욕탕과 연결된 탈의실에는 매우 익숙한 인물이 있었다.

…익숙한 소녀의 모습이 보였다.

—반라 상태로 의자에 앉아 있는, 카야하라 나츠키의 모습이 보였다.

"윽, 미안?!!"

콰앙!! 반사적으로 힘껏 문을 닫았다.

긴급상황임을 알아챈 카즈마는 탈의실의 홀로그래피 패널로 눈을 돌려 '남성 승조원 입욕시간대'라고 적힌 글씨를 세 번 정도 재확인했다.

세 번을 재확인한 결과, 남성 입욕시간이 확실하다는 사실이 판명되었다.

시간대에 따라 자동으로 표시가 전환되게끔 되어 있으니 틀림없다. 만약을 위해 차분하게 네 번째로 확인을 해 보았지만 결과는 같았다.

다시 말해서 입욕시간을 착각한 것은 나츠키 쪽이고, 여성 탈의실을 엿봤다는 범죄는 성립되지 않으니 무고함을 호소할 만큼의 요소는 충분한 셈이다.

오히려 카즈마는 피해자라 해도 과언이 아니다.

하지만 자신에게 죄가 없다는 사실을 알아챈 순간, 머릿속이 새하얘졌던 것이 안타까워졌다. 너무나도 안타까웠다.

카즈마의 초(超)초인적 동체시력을 행사하면 순간적으로 스쳐 지나간 장면이라도 사고인 척을 하며 구석구석 자세하게 응시하는 것도 충분히 가능했을 텐….

'…음? 조용하군.'

문 건너편이 고요하다는 사실을 알아챈 카즈마는 냉정함을 되찾았다.

아주 잠깐이었지만 기척을 알아채기에는 충분한 시간이었을 터.

그런데 탈의실에서는 나츠키가 당황한 듯한 낌새가 전혀 느껴지지 않았다.

애초에 나츠키는 어째서 입욕시간을 착각한 걸까. 나츠키의 성격상 시간을 착각할 리가 없는 데다, 자동으로 패널의 표시가 전환되니 잘못 봤을 리도 없을 텐데.

대체 언제 탈의실에 들어간 걸까 생각하던 중에.

문득 치히로의 말이 떠올랐다.

'나츠키 얘기가 나와서 말인데 카즈마, 어디서 나츠키 못 봤어? 오늘 아침부터 계속 안 보이는데.'

'설마… 아침부터 계속 탈의실에서 정신을 잃고 있었던 건가?!'

정말로 긴급상황임을 알아챈 카즈마는 탈의실로 뛰어들어 의자 위에서 정신을 잃은 나츠키의 어깨에 손을 대었다.

손에 닿은 어깨에서는 심상치 않은 열기가 방출되고 있었다.

'뭐지, 이 체온은…?! 일상적인 신진대사로 발할 수 있는 체온이 아닌데?!'

인체가 신진대사로 내뿜을 수 있는 열은 최대 40도 정도다.

격렬한 운동을 한다 해도 40도를 넘는 일은 거의 없다.

하지만 현재 나츠키의 체온은 명백하게 이상했다.

카즈마가 아니었다면 화상을 입었을지도 모른다.

평범한 사람이었다면 진작 송장이 되고도 남았을 상태다.

"입자체가 폭주하고 있는 건가…?!! 제길. 나츠키, 정신 차려! 이대로 있으면 정말로 죽어!!"

어깨를 끌어안고 이름을 불렀다.

나츠키의 몸이 카즈마의 품으로 쓰러짐과 동시에 그녀가 괴로운 목소리로 말했다.

"…아, 저기… 카즈 군…?"

"…큭…."

의식이 몽롱한 나머지 멍한 눈을 한 나츠키와 시선이 마주쳤다.

하지만 눈을 둘 곳이 없어서 엉겁결에 시선을 피하고 말았다.

단추가 풀어진 채 땀에 젖어 반쯤 투명해진 와이셔츠는 가슴을 가려 주기는커녕 굴곡을 강조하고 있었다. 쓰러지지 않도록

끌어안은 어깨는 부드럽고, 젊음의 탄력이 생생하게 느껴졌다.

하지만 그런 번뇌에 굴복해도 될 상황이 아니다.

나츠키의 호흡은 거칠고, 날숨도 뜨거웠다.

하얀 피부가 붉게 달아올라 열을 방출하고는 있지만, 카즈마는 도무지 대처법이 떠오르지 않았다.

"나츠키, 정신 차려! 나는 어떻게 하면 되지?! 의무실로 데려가면 되는 건가?!!"

"…응? 아아, 그렇지. 억제제를, 써야 해."

나츠키가 멍한 눈을 한 채 자신의 짐이 있는 쪽으로 손을 뻗었다.

카즈마는 나츠키를 품에 안은 채 짐을 두는 곳으로 달려가, 그녀의 가방을 뒤졌다. 그리고 나츠키의 이름으로 처방된 약을 발견해 가볍게 뺨을 두드리며 그녀의 이름을 불렀다.

"약은 이건가? 물 필요해?"

"그게… 먼저, 나한테 찬물을 끼얹어서 몸을 식혀 줘."

"응? 무슨 뜻이지?"

나츠키는 오른손을 머리에 얹고서 필사적으로 상황을 정리하며 말을 골랐다.

"인체는, 단백질로, 구성…되어 있잖아. 보통 이 단계까지 오면 인체가 내부에서부터 변질되어 살아 있을 수 없지만, 왜, 나는, 불가역반환형 — 일리버시블이잖아. 변질된 단백질을 전부

복구시켜서, 견디고 있는 걸 거야."

"…그렇군. 확실히 일리가 있는 말이야."

"그러니까, 입자의 연소를 억제하면, 불가역반환도 멈춰 버리니까… 약을 쓰기 전에, 몸을 식히지 않으면, 즉사…할지도."

상황을 파악한 카즈마는 욕탕 문을 벌컥 열고 안으로 뛰어들어 샤워기의 꼭지를 돌렸다.

나츠키의 호흡을 방해하지 않도록 품에 안은 채 찬물을 끼얹어, 천천히 몸을 식혀 나갔다. 카즈마도 옷이 흠뻑 젖었지만 그런 걸 신경 쓸 상황이 아니다.

찬물을 뒤집어쓰자 나츠키는 괴로운 듯 몸을 움츠렸지만, 아직 멈출 수는 없는 일이다.

나츠키의 의식을 붙들어 두기 위해 카즈마는 말을 걸었다.

"무슨 일이 있었지? 적의 공격? 아니면 무슨 병이라도 걸린 거야?"

"…후유증, 이라고나 할까. 내 몸은 B.D.A 한정해제에 견딜 수가 없었는데, 체내의 입자가 억지로 적응하려다 대사기능이 망가진 것 같아."

카즈마는 분하다는 듯 이를 갈았다.

며칠 전 재버워크와의 전투에서 나츠키는 B.D.A.의 신기능을 기동시켰다.

혈중 순환경로를 최대출력으로 개방해서 억지로 광속을 능가

하는 움직임을 가능케 하는 한정해제—통칭 '오버라이드'라 불리는 시스템은 고적합자들 중에서도 극히 일부의 인간만 사용할 수 있다.

대부분의 경우는 사용과 동시에 소체융해—멜트다운 현상을 일으켜 대폭발을 일으킨다고 한다.

그야말로 생명의 위험이 따르는 위험한 시스템이다.

위험을 감수하지 않고 한정해제를 사용할 수 있는 카즈마와 같은 인재는 지극히 소수에 불과하다.

"이번만큼은, 재능의 차이를 느끼지 않을 수 없었어. 열이 나기 시작하고, 비정기적으로 촉각이 사라지고, 생각했던 것보다 후유증이 심했던 것 같아. 이거 좀 더 조정해야 써먹을 수 있겠어."

나츠키가 쑥스럽다는 듯 뺨을 긁적였다.

자폭하지 않은 것만 해도 불행 중 다행이라 할 수 있었지만 따지고 보면 카즈마가 재버워크를 완전히 처리하지 못한 것이 원인이기도 했다.

"…미안하군. 큰소리를 쳐 놓고 이런 일이 벌어지게 하다니. 나츠키가 무리하게 뒤치다꺼리를 하게 만들고 말았어. 대사기능은 낫는 거야?"

"후후, 괜찮아. 나을 수 있으니까. 그러니까 걱정하지 마."

몸이 완전히 식어 서서히 여유가 생기기 시작했는지, 나츠키는 어찌어찌 약을 주사했다. 미소를 지은 행동은 카즈마를 안심시키기 위해서였을 것이다.

"이번 일은 내 예상이 빗나갔던 것뿐이야. 카즈 군이 죄책감을 가질 필요는 없어. 언젠가는 도전해야 한다고 생각했었으니까, 목숨이 붙어 있는 것만 해도 천만다행이라고 생각해야지. 다음에는 지난번의 데이터를 토대로 재조정할 테니까, 후유증도 이것보다는 덜할 거야."

"……."

카즈마는 뭐라 말을 해야 좋을지 알 수가 없어서, 나츠키를 지탱한 팔에 힘을 줬다.

나츠키는 몸에 이만한 이상이 발생했음에도 불구하고 신형 B.D.A를 완벽하게 다룰 생각밖에 없다.

그렇게까지 할 필요는 없다고 카즈마가 목소리를 높인다 해도 나츠키는 받아들이지 않을 것이다.

이것은 목숨을 건 시행착오다.

인체실험이라는 비난을 사도 어쩔 수 없는 소행이지만 B.D.A에 의존할 수밖에 없는 이상, 인류는 실패와 수정을 반복해 가며 괴물들과 싸워 나가야만 한다.

인류 퇴폐의 시대에 태어나고 만 나츠키 일행에게는 당연한 행위이다.

'이 시대의 인간이 아닌 나의 말은… 이 시대를 사는 사람들에

게 얼마나 전해질까.'

죽을지도 모르는 인체실험을 '잘못됐다'고 비난한들, 300년 전의 윤리관만을 가진 카즈마의 말은 마음에 닿지 않을 것이다.

인류의 최고 전성기라 불리는, 유복하고 모든 가능성이 열려 있는 시대를 살았던 카즈마와 바야흐로 시대를 개척하고자 필사적으로 발버둥 치고 있는 나츠키 일행은, 쌓아 온 경험 자체가 달랐다.

하지만 그렇다고 모든 말을 속에만 담아 둘 수 있을 정도로 카즈마는 어른스럽지 않았다.

"나츠키는 큐슈에서도 지난번처럼 B.D.A를 쓸 거야?"

"…응? 응, 아마도."

"안전성이 향상될지도 모른다는 건 희망적인 관측일지도 몰라. 그래도?"

"쓸 거야. 한정해제가 가능한 인간이 늘면 조직의 전략성이 크게 변할 테니까. 세 명이 있으면 다방면 작전도 전개할 수 있을 거야. 인체에 의존하지 않는 강력한 E.R.A병기가 개발될 때까지는, 우리가 앞에 나서서 싸우는 수밖에 없어."

"그래? 그렇다면 사용할 때는 되도록 말을 해 줘. 어떤 상황에라도 최대한 도울 테니."

애써 진지한 표정을 짓고 있던 나츠키는 순간, 카즈마의 말에 숨을 죽였다.

이 말이 지금의 카즈마가 할 수 있는 최선의 말이었다.

동료의 죽음을 몇 번이나 경험해 온 나츠키 일행에게서 더 이상 희생자가 발생하지 않도록 하기 위해 할 수 있는 일은, 카즈마가 지금 이상으로 강해지는 것밖에 없다고 생각했기 때문이다.

검을 휘두르는 일밖에 못 한다면 그것으로 최대의 성과를 내는 수밖에 없다.

다른 시대에서 살았던 17년이라는 인생보다 긴 시간을 이 퇴폐의 시대에서 보냈을 때.

그때 비로소 가슴을 펴고 '내게 맡겨'라는 말을 할 수 있을 것이다.

"…후후."

"웃을 만한 이야기였나?"

"미안미안. 카즈 군이 상냥해서, 약간 기뻤던 것뿐이야."

쿡쿡 웃고 난 후, 나츠키가 작은 소리로 기침을 했다. 무엇이 기뻤던 것인지는 모르겠지만, 기뻤다니 다행이다.

문득 자신의 가슴 근처를 본 나츠키는 부끄러운 듯 옷깃을 꼭 움켜쥐었다.

"그… 그보다 말이죠, 카즈 군. 이 차림새는 아무리 나라도 부끄러우니, 슬슬 탈의실로 돌아가 주면 고맙겠는데요."

거북한 얼굴로 그렇게 말하기에 카즈마도 정신을 차리고 시선을 돌렸다.

"미, 미안. 불가항력이었으니 믿어 줘."

"후후, 괜찮아. 카즈 군은 성실하잖아. 나도 '남자의 손이랑 가슴팍은, 생각했던 것보다 단단하구나~' 같은 생각을 했으니까, 비긴 걸로 하자."

나츠키의 배려가 담긴 말과 미소 덕분에 마음이 한결 가벼워졌다.

카즈마는 여성과 육체적인 스킨십을 해 본 적이 없었기에, 이 상황에서 질책을 받으면 정신적으로 트라우마가 될 것만 같았다.

"탈의실로 돌아가면 옷을 갈아입을 수는 있겠어?"

"무리일 것 같아. 똑바로 서서 걷기도 힘들거든. 치히로나 히나에게 사정을 설명하고 불러와 주면, 매우 고맙겠….."

하지만 두 사람이 탈의실로 돌아가려던 그 순간.

남자들의 떠들썩한 목소리가 들려왔다.

"이야아, 드디어 정비가 끝났네! 다들 수고했어!"

"오늘은 아침부터 계속 정비작업을 했던 데다, 햇볕도 강했으니까요~ 온몸이 진흙과 땀투성이네요!"

"늘 그랬지만 타치바나 대장님이 끈질기게 붙들고 늘어지지만 않았어도 더 빨리 끝났을 텐데 말이죠~"

와글와글 즐거운 듯한 목소리로 떠들며 탈의실에 들어온 이들은, 정비작업을 마친 부대의 남자들이었다.

남자들이 오는 소리에 두 사람은 화들짝 놀랐다.

"이, 이런. 그리고 보니 패널 표시가 남자 입욕시간으로 되어 있었지…!!!"

"으…."

나츠키가 카즈마의 웃옷을 꼭 움켜쥐었다. 그 행위의 의도는 명백했다.

원인 제공을 한 게 자신이라는 것은 명백한 사실이지만, 많은 수의 남성들에게 지금의 모습을 보이는 것은 피하고 싶다는 것이다.

"괘, 괜찮아. 나츠키가 안에 있을지도 모른다는 판단을 내리면, 조용히 나갈 테니까."

"그럴, 까?"

"그래. 여차하면… 내가, 모두의 의식을 빼앗도록 하지."

카즈마가 우두둑 소리를 내며 손목을 풀었다. 나츠키는 큐슈 상륙 전에 그런 짓을 하면 안 된다고 호소하려 했지만, 기침이 나서 제대로 말을 할 수가 없었다.

"…응? 이, 이봐, 이것 좀 봐! 나츠키 씨의 물건이 여기 있는데?!"

"뭐, 뭐라고?!"

"패널에는 남성이라고 표시되어 있을 텐데?!"

"그, 그럼 뭐야?! 지금 목욕탕 안에… 시간을 착각한 나츠키 총괄이 있다는 거야?!!"

우오오오… 동요해서 그런 소리를 하기는 했지만….

제3부대 남자들 사이에서 심상치 않은 열기가 끓어오르기 시작했다.

B.D.A의 개발 및 정비를 맡고 있는 그들의 부대에는 현재, 여성이 한 명도 없다.

다시 말해 이성을 만날 기회가 없다. 전혀 없다.

타치바나와 같은 예외를 제외하면 순환계수가 낮은 인간이 보내지는 후방지원부대인 탓에 출세할 기회가 좀처럼 없어서, 좋은 연담(緣談)도 좀처럼 들어오지 않는다. 그런 서글픈 남정네들이 모인 곳이 제3부대이다.

여성에 면역이 없는 남자들은 한동안 당황해서 굳어 있었다.

만약 학생이었다면 분위기에 휩쓸려 짐승처럼 욕탕에 발을 들였을지도 모를 일이었지만….

다행히도 그들은 심신이 단련된, 이성이 있는 군인들이었다.

"…칫. 입욕시간 정도는 지킬 것이지. 자식들아, 나가자."

"아, 네."

"그, 그래야겠죠?"

타치바나가 이성적인 말을 하자 부대원들은 주섬주섬 옷을 입었다.

카즈마는 마음속으로 타치바나에게 박수를 보냈다. 평소에는 자신의 일정을 중요시해서 다른 사람에게 폐를 끼치거나, 갑작스러운 실험으로 부대의 일정을 파괴하는 몹시 난감한 남자였지만, 부하들에게는 신뢰받는 부대장인 듯했다.

카즈마와 나츠키는 아주 잠시 안심했지만,

"…타치바나 대장님. 설마 나츠키 씨가, 안에 쓰러져 있는 건 아닐까요?"

'응??!!'

"이상하지 않습니까. 다른 사람도 아니고 나츠키 씨가 입욕시간을 착각할까요?"

"…듣고 보니 그러네."

"아, 생각났습니다! 그러고 보니 아마노미야 씨가 배에서 내렸을 때, 나츠키 총괄이 아침부터 안 보인다고 투덜대던데요!"

"그, 그럼 나츠키 씨는, 아침부터 목욕탕에 쓰러져 있었을지도 모른다는 건가?!"

'젠장, 날카롭군!!'

이 전개는 좋지 않다. 욕탕으로 들이닥치는 것은 시간문제다.

카즈마는 이제 때려눕히는 수밖에 없나 싶었지만, 이성적으로 생각한 결과 들이닥치는 것이라면 그러기도 쉽지 않을 것이다.

그들은 긴급상황이라 생각해 도움을 주려 하고 있을 터.

그런 그들을 때려눕히면 감정이 남아 나중에 싸움이 벌어질 것이다.

"…창문으로, 나가자."

"뭐?"

"환기용 창문으로 나가자. 이 차림새로 있는 걸 보이고 싶지 않은 건 둘째 치고, 내 몸 상태가 이렇다는 게 선원들에게 알려지는 건 더 좋지 않아. 사기가 떨어질 거야."

큐슈 상륙 전에 총사령관이 쓰러졌다는 소문이 퍼지는 건 보통 문제가 아니다.

게다가 이런 모양새로 발각된다면 더더욱 좋지 않다.

하다못해 인수인계가 가능한 상태로 회복한 뒤 회의 자리에서 설명을 해야만 한다.

"알겠어. 나츠키의 방으로 직행해도 되겠지?"

"부탁할게. 아, 그리고, 되도록 다른 사람과 마주치지 않도록 갔으면 좋겠습니다!"

"알겠어, 노력하지!"

힘껏 창문을 열고 뛰쳐나간 직후, 남자들이 우르르 들이닥쳤다.

아슬아슬하게 빠져나온 카즈마와 나츠키는 사람들의 눈을 피해 재빨리 방으로 향했다.

✳

"이상이, 이번 일의 전말이야."

"……."

카즈마가 말을 마치자 치히로는 머리를 짚은 채 고개를 푹 숙이고 말았다.

확실히 아무에게도 잘못이 없다.

B.D.A의 신기능을 사용하고 쓰러져 버린 나츠키, 그녀를 돕기 위해 탈의실로 뛰어든 카즈마, 제3부대의 남자들까지, 잘못한 사람은 아무도 없다.

잘못은 없지만, 지금쯤 제3부대는 나츠키를 찾아 뛰어다니고 있을지도 모른다. 게다가 다른 부대에까지 물어보고 다니고 있을 가능성이 있다.

치히로는 머리가 아프다는 표정으로 천천히 고개를 들어 내선 전화를 가리키며 말했다.

"하아…. 일단 타치바나 씨에게 연락부터 해. 데면데면해 보여도 사실은 성실한 사람이라 나츠키를 찾아다니고 있을 거야."

"알겠어."

"그리고 나츠키. 어째서 나한테 미리 보고하지 않은 거야?"

"그, 그건, 그러니까… 치히로가 바빠 보이기도 했고, 어제부터 몸 상태도 안정되기 시작한 데다… 괜히 말해서 걱정을 끼치기는 싫어서…."

"바보. **보고**했어야 한다는 뜻이야. 상담했어야 한다는 게 아니

라. 의리와 의무를 착각하지 마. 결과적으로 걱정만 끼친 게 아니라 민폐까지 끼치게 됐다는 거 알아?"

"미, 미안해."

"그뿐만이 아니야. B.D.A를 사용해서 컨디션이 악화된 건 어쩔 수 없는 일이지만, 돌발성 과잉연소가 일어났다면 긴급시 교섭권 이양에 관해서도 의논을 해 둬야 하잖아."

사적인 정에 휩쓸려서가 아니라 적복으로서 나츠키를 질타했다.

나츠키의 몸이 갈수록 움츠러들었다. 뭐라 할 말이 없는 것이리라.

큰일로 번지지 않아서 다행이기는 했지만 큐슈에 도착하고서 나츠키가 쓰러졌다면 대참사가 벌어졌을 것이다. 피난민들도 불안해서 탑승을 거부했을지 모른다.

"뭐, 나도 적복이라 바쁘기는 했고, 옛날부터 걱정을 사서 하는 성격이기도 했으니. 나츠키의 몸 상태도 걱정하긴 했겠지만. 피차 입장을 우선해야 할 처지잖아? 우리의 입장은 '걱정을 끼치고 싶지 않았다'는 말로 얼버무릴 수 있을 정도로 가벼운 게 아니잖아."

"...응."

"내가 걱정이 지나치다면, 나츠키는 주변 눈치를 너무 봐. 알고 지낸 지 3년도 더 됐으니 이제 마음 편히 의지해 줄 때도 되지 않았어?"

치히로가 등받이에 몸을 기댄 채 웃으며 말하자 나츠키는 잠자코 고개를 끄덕였다.

그녀는 능력이 뛰어난 만큼 많은 역할을 맡고 있다.

하지만 단독으로 아무리 유능해도, 그것만으로는 조직이 잘 굴러가지 않는다. 연계가 무너지면 인간 사회는 사소한 일로도 붕괴하고 만다.

나츠키는 완전히 기가 죽어서 치히로를 쳐다보았다.

"그렇…지? 다른 사람을 의지하지 못하는 건 내 나쁜 버릇이라고 생각해."

"알았으면 됐어. 이것도 시행착오의 일종이야. 큰 손실도 없었으니 앞으로는 부담 가지지 말고 똑바로 보고해. 알겠지?"

"네. 좋은 공부가 됐습니다."

"좋아! 반성했으면 오늘은 그만 자도록 해. 처방전 안에 수면제도 들어 있었으니까 그것도 챙겨 먹고."

옷매무새를 바로잡아 나츠키를 침대로 밀어 넣었다.

반박할 방도가 없는 나츠키는 이불을 목까지 올려서 덮은 채로 두 사람을 쳐다보았다.

"…미안. 잠시 부탁 좀 할게. 큐슈에 도착하면 열심히 일할게."

"알았어."

"내 권한은 일시적으로 치히로에게 이양하겠습니다. 이틀 동안은 치히로가 총사령관이에요."

"알았어. 맡겨만… 응?"

수면제의 약효가 나타나기 시작한 데다 피곤했는지, 나츠키는 곧바로 잠들었다.

아마노미야 치히로는 자신을 가리킨 채로 잠시 굳어 있다가 기계처럼 뻣뻣한 움직임으로 카즈마를 쳐다보았다.

그리고 자신이 무슨 짓을 저질렀는지를 인식함과 동시에 다시 한번 중얼거렸다.

"……응?"

아마노미야 치히로 총사령관 대행은 상황을 이해하는 것을 거부하듯 몇 번이나 고개를 갸웃했다.

그녀가 대행 역할을 맡게 되고서 약 10분이 지났을 즈음.

평온함의 끝을 고하는 경보가 울려 퍼졌다.

MILLION
CROWN

WHAT IS MILLION CROWN....?
A CHALLENGE THAT EXCEEDS
THE POWER OF HUMAN INTELLECT.
THE TALE OF HUMANITY'S
REVIVAL BEGINS.

마침 그 즈음.

시노노메 카즈마가 대장을 맡은 제15부대의 멤버들은 카즈마 일행과 다른 전함의 갑판에서 장비를 점검하고 있었다.

부대의 홍일점인 소녀 사이조 히나는 병에 든 물을 멤버들에게 나누어 주고는 다족형 전차의 장갑을 쓰다듬으며 피곤해 보이는 미소를 지었다.

"이야, 드디어 신형의 정비가 끝났네요~ 이제 안심하고 큐슈에 상륙할 수 있겠어요!"

히나가 주먹을 꽉 움켜쥐며 기합을 넣었다.

하지만 옆에서 책상다리를 하고 앉아 있던 사가라 토우마는 의아한 표정을 지었다.

"호들갑은. 해상전용으로 장비를 교환한 것뿐이잖아. 화력이 올라간 것도 아닌데, 정말 그런 걸로 살아남을 가능성이 높아졌다고 생각하는 거야?"

토우마가 기름투성이가 된 얼굴로 부루퉁하게 말을 내뱉었다.

부(副)대장을 맡은 토도 츠나요시는 마찬가지로 기름투성이가 된 얼굴로 쓴웃음을 지은 채 고개를 가로저었다.

"아니, 도움이 안 된다고 단언할 수는 없지. 해상전투용이라고 설명을 듣기는 했지만, 호버 시스템을 강화한 것이니 말이다. 이번 정비로 도약력과 순발력, 순간적인 가속도 강화될 거다. 생존능력도 오르고 돌파력도 좋아지지. 좋은 일인 것 아니

68

냐."

"그래. 토우마는 수치도 나쁘지 않으니 이번 장비 교환으로 공을 세우기 쉬워진 셈이잖아. 투덜댈 시간이 있으면 완벽하게 정비해서 유사시에 공을 세울 준비나 해 두라고."

금발 소년 타카야 세이시로는 비아냥거리는 투로 말하고는 놀리듯이 웃었다.

토우마는 짜증 난다는 듯 고개를 돌리고 입을 다물었다.

그는 일전의 사건 탓에 매우 위태로운 입장에 놓여 있다. 개척부대 중에는 명확하게 그를 멸시하는 자도 적지 않았다. 세이시로는 조금이라도 공을 세워 두는 게 좋을 거라는 친절한 마음에 놀리는 투로 그렇게 말한 것이리라.

"뭐, 우리 시노노메 대장은 무진장 강하니까요! 옆에 있다가 떡고물이라도 떨어지면 공을 세울 기회는 얼마든지 있지 않을까요!"

"…뭐? 뭔 소리야. 그런 식으로 공을 세운다고 좋은 평가를 받을 리가 없잖아."

"그, 그런가요?"

"당연하지. 공이라는 건 자기 혼자 힘으로 세워야 의미가 있는 거라고. 근처에 있다가 떡고물 주워 먹는 식으로 손에 넣은 공은 그 자체가 기록에 남을 뿐, 좋은 평가로는 이어지지 않아. 개인의 가치가 올라가지 않는다고, 그런 걸로는."

사이조 히나가 부루퉁한 표정을 지었다. 하지만 토우마가 말하려는 바는 이해한 듯했다.

토도는 턱을 쓰다듬으며 다시 한번 쓴웃음을 지었다.

"그런 식으로 생각하는 것도 이해가 안 되는 건 아니지만… 아니, 그렇지. 분에 겨운 공을 탐내면 신세만 망칠 뿐이지. 너희는 다들 젊으니 우선 부대의 명령을 착실하게 수행해 나가라. 부대의 평가가 올라가면 그곳에 소속된 너희의 평가도 자연스럽게 오를 거다."

"우으으, 함축미가 있는 말씀이시네요."

"하지만 세이시로는 별개다. 어찌 되었든 그 나이에 원정군의 주력부대에 발탁될 정도니 말이지. 다음 세대의 적복 후보로서 사람들의 기대도 크고, 유류가(遺留街) 사람들의 선망의 대상이기도 하지. 이대로 가면 나츠키에 이어 승진가도를 걷는 것도 꿈은 아닐 거다."

"……. 그렇게 말씀해 주시니 감사하네요. 뭐, 기대는 말고 잘 좀 돌봐주세요."

조금 전과 달리 세이시로는 복잡한 표정을 지었고, 사가라 토우마는 어째서인지 어금니를 악물었다.

국가로서 기능한 지 얼마 되지 않은 극동은, 어찌 되었든 인재가 부족하다.

태평양 원정군을 이끄는 와다 타츠지로 일행이 극동 도시국가연합을 결성하겠다는 성명을 낸 것이 불과 30년 전이다.

그 전까지는 도저히 국가라 부를 만한 집단이 아니었다.

일본 제도의 본토에 정착이 시작된 뒤로 태어난 제2세대, 제3세대가 이제야 자라나기 시작한 것이 현재 극동의 실정이다.

개중에서도 기대주라 할 수 있는 아마노미야 치히로와 타카야 세이시로는 각별한 기대를 모으고 있다.

"시노노메 대장은 아직 이 시대에 대한 이해가 부족하지. 전투능력은 둘째 치고 전투경험은 세이시로가 더 풍부할 정도이기도 하고."

"그야 뭐, 그렇죠. 최근 1년 동안 타츠지로 씨의 보좌 역으로 끌려다니기도 했으니까요."

"으음~ 필두의 파워 워크를 군말 없이 1년이나 따라다니다니 굉장하네. 나는 석 달 만에 두 손 두 발 다 들었는데."

"원정군에서도 고참만이 따라갈 수 있는 스케줄이니 말이지. 이 제15부대도 큐슈에 상륙하면 의지와 상관없이 최전선에 서게 될 거다. 세이시로에게 보좌 역을 맡긴 데는 그런 이유도 있었을 거야."

강한 기대감이 섞인 시선이 세이시로에게 모여들었다.

하지만 세이시로는 거북한 듯 시선을 돌렸다.

그는 나이에 비해 또렷한 의사와 의견을 가졌지만 적복처럼 나라의 미래를 짊어지는 존재가 되고 싶은 것은 아닌지도 모른다.

토우마는 복잡한 얼굴로 머리를 긁적이며 토도를 노려보았다.

"…뭐, 다 큰 어른들이 애 한 명에게 부담스러울 정도로 기대를 거는 건 좀 그렇지 않나 싶지만. 당신도 원정군에서 손꼽히는 전차 탑승자잖아? 좀 더 믿음직한 모습을 보여 주면 안 될까? 이 중에서 수치가 가장 낮은 건 당신이잖아."

"자, 잠깐만요, 토우마 씨."

불온한 분위기를 감지한 히나가 제지하고 나섰다.

하지만 토도는 웃으며 고개를 끄덕였다.

"아니, 토우마의 말이 맞아. 세이시로나 시노노메 대장처럼 젊은 녀석들만 고생을 하게 둘 수는 없지. 너희가 나를 전력부족이라 생각한다면… 쩨쩨하게 한쪽 눈만으로 끝낼 게 아니라, 다음에는 이 팔도 개조해 볼까."

토도가 가벼운 투로 말하며 안대를 풀었다. 하지만 다른 이들은 웃을 수가 없었다.

토도가 색적능력을 얻기 위해 자신의 손으로 안구를 적출하여 의안으로 교체했다는 이야기는 유명하다. 군비가 정비되지 않았을 적의 극동에는 와다 타츠지로의 재능에 전면적으로 의존한 전략밖에 쓸 수 없는 암흑기가 있었다고 한다.

부족한 전력을 보충하기 위해 몇몇 고참병이 육체에 손을 대어 전투능력을 향상시킬 수밖에 없었던 시대를, 토도는 경험했다.

그렇게 현재의 토대를 쌓아 올린 사람에게 이번에는 팔을 내놓겠다는 말을 하게 만들고 만 것이다.

　"…칫. 나라를 위해 자기 몸에 손을 대다니, 우리 시대에는 안 맞는 얘기라고."

　"하하, 너희는 유망주니 말이다. 다른 나라도 서서히 인구가 늘어서 능력이 있는 자들이 두각을 나타내고 있지. 샴발라의 밀리언 크라운은 나츠키와 같은 나이더군."

　"으아, 진짜요?"

　"샴발라는 인도양에서 발전하고 있는 국가죠? 최강의 연소형과 신의 눈을 지닌 가공광자연산형이 있다는…."

　"그래. 둘 다 아직 10대라 장래가 유망한 인재들이지."

　"히에~ 확 울어 버리고 싶어지는 재능 격차네요! 우리나라도 질 수 없죠! 착실하게 노력해서 빨리 승진해야겠어요! 이 사이조 히나는, 어떻게든 안전한 후방 임무로 돌아가 주겠다고요!"

　불끈! 기합을 넣으며 스패너를 움켜쥐었다.

　토우마도 거북한 얼굴로 자리에서 일어났다.

　"자신에게 없는 걸 부러워해 봐야 달라질 건 없다 이건가."

　"그런 거다. 게다가 토우마와 히나는 아직 적합률이 오를 가능성도 있지. 좀 더 느긋하게 기다려 보는 것이… 응?"

　토도의 말이 부자연스럽게 끊겼다.

　큐슈의 섬들이 보이기 시작한 것을 확인한 그는, 반사적으로 의안의 B.D.A를 발동시켰다.

오랜 세월에 걸쳐 갈고닦은 위기관리능력이 무의식적으로 그렇게 하게 만든 것이리라.

가공입자를 방출하여 암초 주변을 탐색한 직후, 지금까지 온화했던 토도의 표정이 확 바뀌었다.

"…음? 뭐지, 저 부대는?"

"뭐?"

"부대?"

"남서 방향의 암초. 군생하고 있는 맹그로브(Mangrove)에 숨어 있는 배가 있군. 게다가 주변을 호위하고 있는 건… 전차인가?"

토도가 더욱 정확하게 색적하고자 한, 그 순간.

암초에 숨어 있던 전함의 포화가 드레이크Ⅱ, Ⅲ를 덮쳤다.

*

함포에 의한 습격을 확인하자마자 함내에 경보가 울려 퍼졌다.

선잠을 자고 있던 선원들은 일제히 벌떡 일어나 각자의 위치로 달려가기 시작했다. 직후에 제2, 제3의 포성이 이어지자 적지 않은 선원들이 당황했다.

관제실로 뛰어든 아마노미야 치히로도 당황해서 외쳤다.

"다들, 상황은?!!"

"적습(敵襲)입니다! 그것도 평범한 적이 아닙니다!"

"무슨 뜻이야?!"

"저… 전함입니다!!! 드레이크Ⅱ와 같은 규모의 전함이 5킬로미터 내에서 포격을 가하고 있습니다."

치히로는 귀를 의심했다. 현대에는 입자의 과잉산포로 레이더와 같은 광학기기의 효력이 약화되었지만, 5킬로미터 정도라면 충분히 유효 사정권 내였다.

직격하면 무사하지 못하리라.

게다가 전함을 사용하고 있다는 것은, 상대가 인간이라는 뜻이다.

"당장 조준 방해 입자체를 산포해! 맞으면 끝장이야! 배의 속도를 최대까지 상승시키며 이쪽도 함포로 견제! 선체를 숨길 만한 암초지대까지 단숨에 달려!"

"알겠습니다!"

"함장 대행님! 적의 배에서 다수의 소형정이… 아니, 이건…?!"

"저, 전차입니다! 해전 사양으로 개조한 다족형 전차가 이쪽으로 접근 중입니다!!"

치히로는 또다시 귀를 의심했다. 해전 사양으로 개조한 다족형 전차는 그리 쉽게 입수할 수 있는 물건이 아니다. 극동에도 여덟 기밖에 없는 귀중품이다.

…아니, 애초에 전차로 전함에 덤비는 것 자체가 제정신이라 볼 수 없었다.

전함의 장갑은 전차포로 뚫을 수 있을 정도로 얇지 않기 때문이다.

"해상이라는 것이 믿기지 않을 정도의 속도로 빠르게 접근 중입니다!! 이대로 가면 150초 후에 접촉합니다!"

"설마 배에 올라탈 생각은 아니겠지…?! 전차의 수는?!"

"현재 확인된 것만 서른다섯 기입니다!"

"서른…?!! 아니, 하지만 덕분에 확실해졌어. 큐슈 총련에 그런 장비가 있을 리가 없어. 어느 조직인지 확인하고 싶으니 이쪽에서 오픈 회선으로 통신을 연결해!"

"안 됩니다, 반응이 없습니다!"

"그럼 기관포로 응전해!"

"알겠습니다!"

"하지만 상대는 E.R.A기관을 사용한 호버 시스템을 사용하고 있어, 해상에서도 육지와 같은 기동성을 발휘할 수 있을 것으로 예상됩니다! 만약 달라붙으면 기관포로는 막을 수 없습니다!"

"하, 함장 대행님! 바닷속에서 동형기(同型機)로 추측되는 전차가 나타났습니다!!"

관제실에 띄워진 영상을 보았다.

바닷속에서 나타난 다족형 전차는 유선형으로, 추진력을 발생시키고 있는 분출구에서 빛나는 입자를 방출하며 전함 주변을 종횡무진으로 질주했다.

기관포로 조준 사격하기는 했지만, 해상전에 특화된 다족형 전차는 이쪽이 조준을 마침과 동시에 바닷속으로 잠수하고 말았다.

"바닷속에서도 활동이 가능한 건가…? 아깝지만 기뢰를 쓰자. 그러면 어느 정도는 견제가 될 거야. 바다 위로 끌어내서 타격해!"

바닷속에 기뢰를 뿌려 폭파시키자 그 즉시 물기둥이 수없이 치솟았다. 기동성이 좋다는 것은 장갑을 희생시킨 결과일 가능성이 크다. 기뢰가 직격하면 견뎌 낼 수 없을 것이다.

목적했던 대로 다족형 전차가 곧장 거리를 벌리기에 추가 공격을 가했다. 치히로는 그러는 동안 피해 상황을 확인했다.

'이 기동성에 이 정확성. 조종자도 상당한 실력자야. 자동 조준 기총이 한 기를 노리는 동안, 허를 찌르듯 다른 한 기가 바다 위로 부상해서 파괴했어.'

경쾌한 연계로 우현 후방에 위치한 기관포가 파괴되었다.

세련된 이 전투능력과 해상전투의 숙련도.

그리고 전차로 전함에 덤벼드는, 목숨 아까운 줄 모르는 듯한 배짱을 겸비한 조직.

이 조건에 부합하는 조직의 이름을 치히로는 들어 본 적이 있었다.

'하지만 그럴 리가 없어. 아라비아해에서 여기까지 거리가 얼마나 먼데. 애초에 이 상황에서 공격해 올 이유가 없잖아?'

이 시대에 인간끼리 싸우는 것만으로도 충분히 비상식적인 일이라 할 수 있는데. 지금의 큐슈의 상황을 모르기라도 하는 것일까.

초조함과 의문이 치히로의 머릿속을 가득 메운 가운데, 관제관이 소리쳤다.

"함장 대행님! 대기 중인 토도 부대장이 연락을 해 왔습니다!"

"연결해! 다른 부대 대장들에게도 들리도록 하고!"

[아마노미야! 녀석들과 연락은 됐나?!]

"아뇨, 아무리 시도해도 연결이 안 돼요!"

[연결이 안 된다면 됐다! 권고(勸告)를 했다면 흩뜨려도 돼! 세이시로를 데리고 나가려 하는데 괜찮겠지?!]

토도의 말에 치히로는 동요했다.

토도의 옆에 있던 세이시로도 한껏 숨을 삼키며 주먹을 움켜쥐었다.

제15부대는 시노노메 카즈마의 부대지만 출동 명령권은 카야하라 나츠키에게 있다. 다시 말해 지금 출동 명령권을 지닌 사람은 치히로다.

어째서 어린 세이시로를 출동시키는 일에 허가를 구한 것인지는 물어볼 필요도 없었다.

적은 거구종과 같은 괴물이 아니다. 다족형 전차를 동원했다
는 것은, **안에 인간이 타고 있다**는 뜻이다. 그런 그들과 싸운다
는 것은, 다시 말해 인간과 싸운다는 뜻이다.

토우마는 불같이 화를 내며 외쳤다.

[이봐, 잠깐 기다려 봐, 토도! 이렇게 어린애를 인간과 싸우게
할 셈이야?!]

[끼어들지 마라, 토우마! 너에게는 결정권이 없다!]

[뭐가 어째?!]

[아니, 제발 좀 진정해, 토우마. …나는 괜찮아요, 치히로 씨.
적의 제2진이 도착하면 함내로 들이닥칠 가능성이 높아지겠죠.
해상에서 치는 게 정석이에요. 내가 나가는 게 제일 확실해요.]

"큭…!!"

치히로는 망설였다. 정예부대에 소속된 이상, 이런 일은 발생
할 수밖에 없다.

한참 어린 세이시로가 전투를 치르는 데 허가가 필요한 것은
당연한 일이지만, 하필이면 치히로가 대행을 맡고 있을 때 인간
과 싸우기 위한 허가를 요청하리라고는 생각지도 못했던 것이
다.

이번 전투는 거구종이나 환수종과의 싸움과는 다르다.

전투가 벌어지면 당연히 인간의 목숨을 빼앗기도 해야 하리

라.

자신조차도 인간의 목숨을 빼앗아 본 적이 없기에, 자신보다 어린 소년에게 전투 명령을 내리는 일은 쉽지 않다. 더 깊이 생각을 하자면 조금 전에 치히로가 내린 명령도 적의 목숨을 빼앗을 가능성이 있는 행위였다.

'나츠키라면… 나츠키라면 어떻게 할까…?!'

분명 나츠키라면 위기가 닥쳐도 망설이지 않았을 거다.

이런 상황을 미리 상정하고서 결론을 내려 두었을 것이다.

큐슈에서 공포에 질려 떨고 있을 사람들을 구하러 온 치히로에게는, 인간과 싸우기 위한 각오가 절망적으로 부족했다.

[…끼어들어 미안해, 토도 씨. 내가 세이시로 대신 나가지. 서포트 부탁해.]

갑작스럽게 통신기를 통해 들려온 카즈마의 말에, 일동이 숨을 죽였다.

그도 얼마 전까지는 평범한 학생이었다. 인간을 상대로 살육전을 벌여 본 경험이 있을 리가 없다.

치히로는 허둥대며 콘솔 패널에 대고 외쳤다.

"자, 잠깐만, 카즈마! 네 사정도 그렇게 다르지 않잖아?! 상대는 거구종이 아니야, 인간이라고!!"

[애초에 시노노메 대장은 수상전투 경험이 없잖아?! 육상전과는 전혀 다르다고!!]

[알아. 수상전투 경험이 없는 것도 부정하지 않을게. …그래도 난 간다. 세이시로와 쌍둥이를 인간과 싸우게 할 바에는, 내가 나가는 게 훨씬 나아.]

카즈마는 반쯤 분노에 가까운 감정을 실어 단언했다. 그 분노는 치히로나 토도를 향한 것이 아니라, 이 상황과 환경 자체를 향한 것이었다.

세이시로와 같은 소년소녀들이 싸우지 않아도 되도록 하겠다.

카즈마는 일전에 세이시로와 그런 약속을 했었다.

그들은 상대가 거구종이라면 모를까, 인간을 상대로 살육전을 벌이기에는 아무리 그래도 너무 어리다.

카즈마도 인간의 목숨을 빼앗아 본 경험이 없었지만, 그들이 싸우게 둘 바에는 자신이 싸우는 게 낫다며 투지를 불사르고 있었다.

[이런 위급한 상황에서 각오가 되었는지를 묻지는 마. 최종 결정에는 따르겠어. 아마노미야, 지시를 내려 줘.]

"……."

치히로는 잠시 눈을 감은 채 한껏 숨을 들이켰다가 내뱉었다.

각오가 되었는지를 물을 상황이 아니라는 것은 사실이다.

무엇보다 이 자리에서 각오가 되지 않은 이는 치히로뿐이다. 대행으로 임명된 이상, 자신이 망설이면 부대 전체의 행동이 멈추고 만다.

다행히도 이 자리에 있는 모두가 인간을 상대로 싸우는 일 자체는 망설이고 있지 않다.

최대 전력인 카즈마와 세이시로가 모두 각오가 되었다면 또 하나의 수단을 시도해 볼 수 있다.

"…알겠습니다. 그럼 제15부대는 제1부대와 함께 적을 교란하고 소탕해 주세요."

[그러도록 하지.]

"토도 씨. 카즈마는 수상전투 경험이 없어서 지휘가 어려울 거예요. 카즈마에게는 다른 임무를 맡길 테니, 전투 시에는 토도 씨가 제15부대 및 제1부대에 소속된 나머지 신형전차부대를 지휘해 주세요."

[알겠다.]

"그리고… 함내에 쳐들어왔을 경우에만 세이시로의 출동을 허가합니다."

[알겠다, 그 조건으로 어떻게든 해 보지. 세이시로는 장비를 갖추고 우현 후방에서 대기해라. …적이 쳐들어오면, 싸울 수 있겠지?]

[네. 이렇게나 배려를 해 줬는데 못 싸우겠다고 하면, 그건 그냥 겁쟁이죠.]

[좋아! 나머지는 제1부대와 연락하는 대로 출동한다!]

통신이 끊김과 동시에 토도 일행은 행동을 개시했다.

카즈마는 B.D.A를 기동시킨 상태로 물었다.

[아마노미야, 나는 어떻게 하면 되지?]

"카즈마는 단독행동으로 암초지대를 우회해 건너가서, **적의 전함을 직접 치고 와.**"

옆에서 듣고 있던 관제관들이 일제히 놀랐다.

여성 관제관이 허둥지둥 고개를 돌려 치히로를 쳐다보며 말했다.

"자, 잠깐! 제정신이야, 치히로?!"

"제정신이야. 아주 진지하게 한 말이고. 상대가 파악한 이쪽의 공격수단은 아직 주포 정도뿐이야. 그러니 당분간은 포격과 전차를 동원해서 상황을 살피려 할 거야. 이대로 암초지대까지 도망치면… 그래. 한 시간은 교착 상태가 이어질 거야."

[…그 한 시간 동안 은밀하게 접근해서, 적을 치라는 건가?]

"가능하면 제압하도록 해. 함내로 들어가기만 하면 너의 승리야. …뭐, 카즈마 네 경우에는 전함을 통째로 침몰시킨다는 방법도 있지만 말야."

짓궂게 웃자 카즈마는 매우 진지한 얼굴로 고개를 가로저었다.

[아무리 나라도 천 명 단위의 사람을 죽일 배짱은 없어. 게다가 가능하다면 적의 전력을 우리 쪽으로 끌어들이고 싶을 텐데?]

"당연하지. 전력은 많을수록 좋으니까."

[그렇다면 기습으로 제압하는 수밖에 없겠군. 좋은 작전이라고 생각해.]

"OK. 그럼 결정 난 거지? 일이 잘만 풀리면 순식간에 결판이 날 거야. 우선은 수상전투용 장비를 받아 오도록 해. 제8부대의 카츠라이(桂井) 대장이 자세히 알려 줄 거야."

[알겠어. 이쪽은 맡기도록 하지.]

통신을 끊은 후, 시노노메 카즈마는 그 즉시 갑판으로 제8부대를 찾으러 나섰다.

큰소리를 치기는 했지만 카즈마에게는 수상전투 경험이 없다. 어떤 식으로 싸우면 좋을지조차 모르겠다.

분주하게 다족형 전차를 준비하고 있는 제8부대에게 달려가 물었다.

"미안하군. 카츠라이 대장은 어디에 있지?"

"카츠라이 대장님? 대장님이라면 장비를 점검하러….”

"아아, 여기여기! 여기야, 적복!"

자신을 부르는 소리에 카즈마는 고개를 돌렸다. 그러자 30세 전후로 보이는 여성이 각부장착형(脚部裝着型) B.D.A를 가지고 와서 카즈마의 앞에 내려놓았다.

카츠라이 대장은 이마에 밴 땀을 닦으며 카즈마를 향해 미소를 보냈다.

"이야기하는 거 다 들었어! 이야, 아직 젊은데 말도 참 시원스럽게 하던걸! 적복답게 씩씩하고 의협심도 넘치고!"

"고, 고맙군."

"오자마자 미안하지만, 이 녀석이 각부장착형 B.D.A '호버 부츠'야. 출력고정식이라 특수 외골격이라고도 부르는 모양이지만."

"…출력고정?"

"최대 시속은 65킬로미터, 그 이상은 아무리 입자를 제공해도 속도가 안 올라! 네 자랑거리인 신체능력은 수상전투에서는 도움이 안 될 테니 그런 줄 알라고!!"

E.R.A와 B.D.A, 양쪽의 특성을 갖춰 안정된 출력으로 전투를 보조하는 것.

그것이 '특수 외골격'이라 불리는 병기다.

체내의 가속로와 외장형 가속로를 연결하여 손실된 팔다리 역할을 대신하는 의족이나 의수에도 사용되는 기술이다.

"나츠키처럼 자유롭게 바다 위를 뛰어다닐 수는 없는 건가?"

"그건 유체조작형의 적성이 없는 사람에게는 무리야. 게다가 아무런 훈련도 받지 않고 쓸 수 있는 것도 아니지. 그런 반면, 특수 외골격은 누가 사용해도 같은 능력을 얻을 수 있어."

"…그렇군. 각각 장단점이 있다 이건가."

"하지만 이 부츠로는 적 전차와의 기동력 차이가 거의 두 배는 날 거야. 아무리 너라도 특수화합 작약으로 가속시킨 전차포가 직격하면 무사하지 못할 텐데. 그런데도 정말로 할 거야?"

"아마노미야에게도 말했지만, 각오가 되었는지를 물을 만한 상황이 아니야. 사용법은 몸으로 익힐 테니 당장 장착해 줘. … 그리고, 걱정해 줘서 고마워."

카츠라이 대장은 놀라서 눈이 휘둥그레지더니, 큰소리로 웃음을 터뜨렸다.

"좋아, 알겠어. 10분 안에 조정해 주지! 다른 녀석들은 전차를 타고 요격을 개시해!"

"알겠습니다!"

"부대 지휘는 그 유명한 토도가 맡는다! 잘들 배우고 와!"

호령을 내림과 동시에 해상전용 장비를 장착한 다족형 전차가 달려 나갔다.

카즈마는 통신회선을 열어 상황을 들으며 준비를 시작했다.

제1부대, 제15부대가 합류하자 부대 지휘를 맡은 토도 츠나요시가 명령을 했다.

"적의 수가 많다! 수상부대는 전함의 기관포를 중심으로 진형을 짠다!"

"라저!"

"우현 전방 일곱 문에는 1번기와 2번기, 좌현 전방 일곱 문에는 3번기와 4번기, 좌현 후방 일곱 문에는 5번기와 6번기! 사이조 히나는 나와 전체를 서포트한다! 뒤처지지 말고 따라와라!"

"라저예요!"

제2진이 합류하자 적의 수는 이쪽의 네 배로 부풀어 올랐다.

정면으로 제대로 붙어서는 승산이 없다.

전함을 등진 채 후방의 사각을 메꿔 주며 싸우지 않으면 전투 자체가 성립되지 않을 정도다.

'하지만 결국은 전차. 정공법으로 전함을 이길 수 있을 리가 없지. 적이 전차로 전함을 이길 방법은 하나뿐! 접근해서 함내로 쳐들어가는 것뿐이다!'

기습해서 물량으로 단숨에 제압하는 전술. 해적들이 사용하는 상투적인 수법이기는 하지만 이렇게까지 물량 차이가 나면 사전에 기습을 알아챈다 해도 방어에 총력을 기울일 수밖에 없다.

기관포 일제사격으로 견제를 하는 동안에는 괜찮지만, 앞서 파괴된 우현은 방어가 약해질 수밖에 없다. 그 사실을 알아챈 히나는 토도에게 회선을 연결시켰다.

"토, 토도 씨! 파괴된 기관포 주변에는 아무도 배치시키지 않아도 되는 거예요?!"

[문제없다. 이쪽이 계속해서 견제하면 녀석들은 초조해져서 파괴한 기관포 쪽으로 돌파하려 할 거다. 그때 뒤에서 한꺼번에 친다!]

"하지만 돌파당할 가능성도 있잖아요!"

[괜찮아. 우현 후방 갑판에는 **세이시로가 대기하고 있으니.**]

앗…. 히나는 깜짝 놀랐다.

토도는 애초부터 세이시로도 전력에 포함시켜 지시를 내리고 있었던 것이다.

하지만 놀람과 동시에 훌륭한 지휘라는 생각에 감탄할 수밖에 없었다.

네 배나 되는 전력 차이를 뒤집으려면 이쪽도 필연적으로 기발한 작전을 쓸 수밖에 없다. 돌입구가 한곳으로 한정된 상황으로 적을 몰아붙이고 그 돌입구에 막강한 전력을 배치한다.

적을 일소하기 위한 카운터 어택으로는 매우 효과적인 전략이라 할 수 있었다.

심지어 이렇게 하면 토도는 명령 위반을 저지르지 않을 수 있고, 세이시로도 정신적으로 각오를 굳힌 상태에서 적을 요격할 수 있다.

[…비겁하다고 생각하나?]

"…아뇨. 세이시로 군을 너무 배려하다가 누가 죽기라도 하면 그거야말로 의미가 없잖아요. 모든 사람들이 후회하게 될 거예요. 가장 안전하고 효율적인 지시라고 생각해요."

[총명한 부하를 둬서 다행이군. 좋아, 기총의 유효 사정권에서 나가지 않도록 주의하며 움직여라!]

진형을 갖춘 토도 일행은 요격을 개시했다.

포격의 굉음이 울려 퍼짐과 동시에 기총이 적에게 탄환을 쏟아 내고, 회피 행동에 돌입한 적의 측면을 그 즉시 다족형 전차가 공격한다.

왼쪽 다리가 파손된 적의 전차는 기동력을 상실해서 기총의 표적이 되었다.

하지만 그 즉시 서포트가 이루어진 덕분에 적 전차는 유효 사정권에서 벗어날 수 있었다.

상대도 기뢰를 산포하자 신중해졌는지, 좀처럼 유효 범위 내로 들어오지 않았다. 방어가 허술한 전방에 모여들고 있는 것은 다행스러운 일이지만, 어쩌면 이쪽의 작전을 간파한 것일지도 모른다.

치히로는 교전이 격렬해질 것을 예상하여 B.D.A를 사용하려 했지만, 그녀의 능력은 색적 범위가 너무 넓어 전함 안까지 모두 보이고 말 것이다.

색적능력으로 축적한 데이터는 나중에 중화대륙연방에게 넘겨야만 한다는 족쇄가 능력 사용을 주저하게 했다.

전함을 투시하는 날에는 그 정보가 모두 타국으로 흘러가게 될 것이기 때문이다.

'카즈마의 작전은 실행에 시간이 걸려. 피해가 발생하지 않도록 전투를 최소한으로 줄여야 해.'

선체가 크게 흔들렸다. 아무래도 우현에 소이탄을 맞은 모양이다. 큰 피해는 발생하지 않았지만 선상에서 불길이 치솟는 것을 보고도 냉정하게 있을 수 있는 이는 없었다.

부대 대장들이 잘 처리해 주고 있기는 하지만 빈틈을 보이면 단숨에 적이 파고들 것이 뻔하다. 하다못해 암초지대에 도착하면 이야기가 달라지겠지만 일이 그리 호락호락하게 풀리지는 않을 것이다.

숫자로 앞서는 적이 방어선을 돌파하지 못하고 우현 후방에 몰려들 것을 예상한 토도가 모든 차량에 명령을 내렸다.

[우현 후방이 돌파당한다! 이동을 위해 빈틈을 보이는 차량은 가차 없이 쳐라!]

"큭… 우현 후방이라고…?!"

3번기에 탑승했던 토우마는, 토도의 노림수를 알아챈 동시에 어째서 자신이 가장 먼 장소에 배치되었는지를 이해했다.

좌현 전방에서 우현 후방까지는 아무리 봐도 너무 멀다. 서포트를 하려 해도 시간이 걸린다.

"저 망할 영감탱이가…! 처음부터 그럴 속셈이었군?!"

적의 절반이 우현 후방으로 몰려간다.

토우마는 조금이라도 자신이 있는 곳에 적을 묶어 두고자 등 뒤에 장착된 유산탄(榴散彈)을 발사했다. 하지만 유산탄을 맞고 멈출 정도로 전차의 장갑은 얇지 않았다.

적 전차는 호버 시스템을 최대출력으로 가동해서 선체의 갑판에 올라탔다.

10미터 정도 뛰어올라 상륙한 적의 탑승자는 승리를 확신했으리라.

전함의 내부로 들어가기만 하면 그다음은 어떻게든 요리할 수 있다.

기총으로 선원들을 쓸어버리고 정비구획을 전차포로 박살 내고, 소이탄으로 불길을 퍼뜨리면 된다. 이미 네 기의 다족형 전차가 올라타서 선원들을 위협하고 있었다.

왼쪽 팔에 장착된 기총이 자동조준으로 근처에 있던 인물을 포착한 그 직후.

작은 그림자가 각오를 굳힌 듯한 투로 중얼거렸다.

"Blood accelerator 기동. '천유골(天悠骨) 토츠카노츠루기(十束劍)—아바타 토츠카노츠루기'…!!!"

대기의 열팽창으로 인해 갑판에서 천둥소리가 울려 퍼졌다.

그것은 비유도 과장도 아니었다.

B.D.A를 기동시킨 소년 타카야 세이시로의 주변을, 번개와 흡사한 현상이 에워싸고 있었다.

온몸에서 방출되는 강렬한 푸른빛은 그가 일으킨 아스트랄 노바였다.

그 도신에서 뿜어져 나온 초유동입자가 두 손에 쥐어진 두 자루의 곡도로 집속되고 있다. 금빛 머리를 나부끼며 외부 카메라를 노려본 채, 세이시로는 입술만 움직여 탑승자에게 경고했다.

……꺼, 져.

[?!!]

순간, 빛의 궤적이 조종실의 상부를 베어 날려 버렸다.

막무가내로 벤 것이 아니다. 칼날에서 초유동 현상을 일으키고 있는 입자가 다족형 전차의 장갑에 접촉한 순간, 경이적인 속도로 억지로 **깎아 내 베어 버린** 것이다.

"이… 이럴 수가?!! 상부장갑이 순식간에 찢어졌어?!"

훤히 드러난 조종실에서 남성이 외쳤다. 세이시로는 한걸음에 전차의 조종석에 올라타, 남자의 멱살을 잡아 내동댕이쳤다.

남성 조종자는 벽에 등을 부딪쳐 정신을 잃었다.

세이시로는 근처에 있던 무장한 선원들을 향해 외쳤다.

"이봐, 정비반! 이 다족형 전차의 조작 방법 알아?!"

"마, 말도 안 되는 소리 하지 마! 상부장갑 없이 싸울 수 있을 리가 없잖아?!"

"그런 뜻이 아니야. **기체의 식별신호를 해석**하라는 거지! 그러면 어디의 해적이 상대인지 알 수 있잖아!"

정비반은 화들짝 놀라 숨을 죽였다. 전차의 식별신호를 해석하는 데 성공하면 적의 정체를 알 수 있다. 정체를 밝혀내면 목적도 알 수 있을지 모른다. 포로를 잡아 두면 교섭도 가능해질 것이다.

이 전투를 끝낼 계기가 될 수도 있다.

"왜 말이 없어?! 할 수 있는지 없는지 빨리 말해! 못 한다면 파괴할 테니까!"

"다, 당연히 할 수 있지!"

"좋아! 그럼 나는 올라온 세 기를 처리하고 올 테니까 이후 판단은 그쪽에 맡기겠어!!"

세이시로는 그러한 말을 남기고 배에 쳐들어온 다족형 전차에게 덤벼들었다.

나머지 세 기의 조종자는 세이시로를 고적합자로 판단하고 생체회로를 기동시켜 전차의 성능을 최대까지 끌어올렸다. 허수입자를 화합시킨 마찰차단장갑이 기동하자 전차의 순간적인 기동력이 폭발적으로 향상되었다.

기총의 자동조준을 완전히 무효화할 수는 없다는 걸 알아챈 세이시로는 무의식중에 혀를 찼다.

'적함에서 여기까지는 대략 5킬로미터⋯. 관제관이 약 150초 만에 거리를 좁혀 다가왔다고 했으니 최대 시속은 120킬로미터 정도일 거라고 생각했는데.'

적의 차량은 명백하게 그것의 세 배에 가까운 속도를 내고 있다. 지금까지 세이시로가 봐 온 다족형 전차와는 비교도 안 될 정도로 성능이 뛰어나다.

토도 또한 적의 잠재전력에 대해 잘못 판단한 게 틀림없었다.

고적합자인 인간이 전차에 타고 있을 가능성도 고려해야 하리라.

세이시로는 기총의 일제사격을 달리며 피하고 있지만, 이대로 가면 포착당하는 것도 시간문제일 것이다.

산개한 전차의 적외선 유도탄이 세 방향에서 동시에 세이시로를 노렸다.

선교에 달라붙어 조준 중인 차량과 갑판 좌우 끄트머리에 달라붙은 두 기의 차량. 그들이 아군에게 맞지 않도록 입체적인 동작으로 표적을 노리는 솜씨를 본 세이시로는 다시 한번 무의식중에 혀를 찼다.

선행해서 적의 함선에 올라타려 한 것이 납득이 가는 실력이다. 다들 우수한 전차 탑승자들이다.

'될 대로 되라…!'

세이시로는 유도탄 세 발의 중심에서 일부러 속도를 늦췄다.

그 타이밍을 노린 듯한 전차포가 세이시로에게 날아들었지만, 이것은 그가 판 함정이었다.

발사 타이밍을 살피고 있던 세이시로는 B.D.A를 최대출력으로 기동시켜 화물창고 쪽으로 뛰어들며, 곡도 중 한 자루를 포탑을 향해 던졌다.

두 발의 포탄이 갑판 바닥을 관통했고, 곡도가 포탑의 뿌리 부분에 꽂힌 전차는 불을 뿜으며 폭발했다. 그 틈을 놓치지 않고 거리를 좁힌 세이시로는 다족형 전차의 왼쪽 다리를 두 동강 내었다.

'기동력은 빼앗았어! 우선 하나!'

두 기가 남았다.

지금이 승부처임을 깨달은 세이시로는 대기 중이던 제8부대를 향해 외쳤다.

"선교에 달라붙은 녀석을 처리하겠어! 갑판에 있는 한 기를 막아!"

"알겠다!"

"40초는 버텨 주마! 반드시 처리하고 와!"

B.D.A의 출력을 높인 세이시로는 갑판을 질주하여 선교로 뛰어올랐다. 기총을 피하며 호를 그리듯 달려 거리를 좁혔지만, 다족형 전차는 지형이 불리하다는 사실을 깨닫고 뛰어내렸다.

세이시로는 그 빠른 판단을 통해 이 기체의 조종자가 대장일 것이라고 추측했다.

동시에 놓칠 수는 없다고 생각한 세이시로는 거리를 좁혔고, 적 전차도 가변형 진동도검을 장비했다. 아무래도 맞서 싸울 속셈인 모양이다.

화물을 던져 시야를 가리거나 지그재그로 달리며 접근한다.

세이시로의 초유동 곡도와 진동도검이 부딪힌 순간, 격렬한 금속음이 울려 퍼졌다.

출력 면에서 앞서는 세이시로의 초유동 곡도가 진동도검을 튕겨 냈지만, 왼팔에 장착된 진동도검이 날아들었다.

출력은 세이시로의 초유동 곡도가 높지만, 두 자루의 진동도검은 공격의 빈도로 세이시로를 능가하고 있다. 세이시로는 이 대로 가면 위험하다는 것을 알아챘지만, 지금 거리를 벌리면 기총의 먹잇감이 되고 말 것이다.

싸늘한 예감이 세이시로의 등을 타고 퍼졌다. 그에게는 아직 비장의 카드가 있다. 그것을 사용하면 얼마든지 대처할 수 있지만 **적대자는 반드시 죽을 것이다.**

아니, 적대자는 둘째 치고 자칫 잘못하면 주변에 있는 아군도 무사하지 못하리라. 그 너무도 불길한 예감이 세이시로의 손을 둔하게 만들었다.

왼팔에 장착된 가변형 진동도검이 세이시로를 포착하려던 그 찰나.

한 발의 포화가 발생함과 동시에 적 전차의 왼팔이 튕겨져 올라갔다.

[?!]

"?!!"

다족형 전차의 왼쪽 옆구리에 빈틈이 생겼다.

전함을 사이에 끼고 대각선상에 위치한 갑판에서 토우마가 발사한 포탄이 적 전차의 왼팔을 스친 것이다.

세이시로는 놀랐지만 그 기회를 놓칠 수는 없었다. 다족형 전차의 가동 영역의 사각(死角)으로 뛰어들어 다리 끄트머리를 눈 깜짝할 새에 절단해 나갔다.

이어서 상부장갑을 날려 버린 세이시로는 허리에 차고 있던 단총(短銃)을 뽑아 조종자에게 경고했다.

"여기까지다! 전투행동을 멈추고 투항해!! 투항하면 목숨까지는 빼앗지 않겠어!"

"큭…!"

조종자와 눈이 마주쳤다.

뜻밖에도 조종자는 소녀 전사였다.

세이시로는 아주 잠시 놀란 듯한 표정을 지었지만, 그 정도로 긴장을 늦출 정도로 미숙하지도 않았다. 단총을 뽑으려는 소녀의 손 근처를 적절하게 쏴서 움직임을 멈췄다.

하지만 그녀가 달고 있는 훈장을 본 순간, 세이시로의 얼굴이 험악해졌다.

"그 훈장… 너 이 자식, 그 훈장을 어디서 빼앗았지?!"

"빼, 빼앗아?! 바보 같은 소리 마, 이건 내가 아르주나 장군님께 받은 정당한 훈장이야! 모욕하면 가만두지 않겠어!!"

총구 앞에 있다고는 생각할 수 없는 얼굴로 세이시로를 노려보는 소녀 전사.

하지만 세이시로에게는 그게 문제가 아니었다. 그는 총구가 흔들릴 정도로 놀라서 다시 한번 물었다.

"설마… 너희, 샴발라의 전사냐?!"

"뻔뻔하기는! 타츠지로 씨의 지원 요청을 받고 먼 길을 달려온 우리를 속여서 기습한 건 네놈들일 텐데!!! 지난번에 했던 짓을 잊었다고 할 셈은 아니겠지!!!"

이번에야말로 세이시로는 머릿속이 뒤죽박죽이 되었다.

인도양에 자리한 해상도시국가 '샴발라'는 극동이 가장 친밀하게 지내 온 동맹국이다. 극동이 적대행위를 할 리가 없다.

세이시로는 관제실로 연락해 고함을 치듯 보고했다.

"치히로 씨, 노획한 전차를 써서 당장 정전 요청을 해 주세요!!"

[무슨 소리야?!]

"우리가 싸우고 있는 건 샴발라의 전사예요! 저들은 지난번에 극동에게 습격을 받았다고 하고 있어요! 서둘러 사실 확인을 해 주세요!"

세이시로의 보고를 받은 치히로는 놀라긴 했지만 곧 냉정한 사고력을 되찾았다.

관제실에 사실을 확인하도록 지시를 내린 치히로는 세이시로의 보고를 분석하기 시작했다.

'극동이라 해도 우리 도쿄, 칸사이와는 무관한 일이야. 그럼 큐슈 총련이 샴발라를 공격했다고…?'

하지만 큐슈 총련이 샴발라의 전함을 공격할 이유가 없다. 저들은 말 그대로 구원의 손길을 내밀기 위해 지원 병력을 급파한 셈이기 때문이다.

'큐슈 총련의 전함에 다른 조직이 타고 있었다면? 하지만 그렇다면 통신을 통해 서로 확인을 할 수 있었을 거야. 샴발라 사람들이 환각을 보기라도 한 걸까?'

머나먼 에게해에는 전파 해킹을 통해 내분을 유발하는 환수종이 있다고 한다. 적이 왕관종인 재버워크라면 그 정도는 하고도 남을지도 모른다.

어쩌면 같은 계통 환수종의 시체를 입수해서 조종했을 가능성도….

'…**시체를** 조종해?'

"함장 대행님! 중대련의 징위 대사가 통신을 요청해 왔습니다!"

"징위 대사가? …좋아, 연결해!"

콘솔 패널에 징위 대사의 얼굴이 떠올랐다.

징위 대사는 전에 없이 진지한 얼굴로 인사치레를 생략하고 말했다.

[전투 중에 실례합니다. 아무래도 사태가 심상치 않은 듯해서 연락을 드렸습니다.]

"괜찮습니다. 용건이 뭐죠?"

[적의 전함을 본 적이 있습니다. 저건 샴발라의 고속전함 '브라마푸트라'로 보입니다만, 어째서 극동의 동맹국과 교전을 벌

이고 있는 것인지요?]

"저들의 말에 의하면 지난번에 극동의 전함에게 기습을 받았다고 해요. 아마도 큐슈 총련의 전함인 듯합니다."

징위 대사는 잠시 상황을 파악하는 눈치이더니, 혐오감을 노골적으로 표정에 드러내었다.

[…**그렇게 된 것**이었습니까. 이거이거, 괴물답게 추악한 작전이군요!]

"…네. 역시, **그렇게 된 것**인 걸까요?"

이 혼란스러운 사태를 발생시킨 의문점의 해답에 도달한 두 사람은 분노와 혐오감을 말에 실었다.

만약 두 사람이 생각한 작전이 실행된 것이라면, 그야말로 구역질이 나도록 추악한 수법이라 말하지 않을 수 없었다. 이런 경우에 입에 담기도 꺼려진다고 말하는 것이리라.

하지만 전황을 전달해야 하는 관제관은 감상에 젖어 있을 수가 없어서, 초조한 말투로 치히로에게 물었다.

"함장 대행님! 노획한 전차를 경유해서 '브라마푸트라'와 연락이 되었습니다! 지시를 내려 주십시오!"

"알았어. 사정을 설명할 테니, 징위 대사도 동석해 주시겠어요?"

[어라, 어라? 전투 중재에 대한 대가는 비쌀 텐데요?]

"내분으로 전력을 잃는 것만큼 어리석은 일은 없어요. 제3국이 있으면 저들도 냉정함을 유지할 수 있을 거예요."

징위 대사는 귀찮다는 표정이었지만 속으로는 묘수라고 손뼉을 치고 있었다. 상대는 자신들의 선의를 짓밟힌 것도 모자라 기습을 당해 심한 의심에 사로잡혀 있다.

극동 출신자의 말만으로는 설득하는 데에 시간이 걸릴 것이다.

중화대륙연방의 4성 훈장을 지닌 대사의 말이라면 냉정하게 받아들일지도 모른다.

[어쩔 수 없군요. 특별 서비스입니다?]

"감사합니다. 혹시 준비해야 할 것이 있나요?"

[그럼 교섭에 앞서 재버워크의 정보와 전투능력을 저쪽에 송신해 두십시오. 상대 쪽에 지혜가 뛰어난 사람이 있다면 그만큼 상황파악과 정전이 앞당겨질 겁니다.]

치히로는 뜻밖의 묘수에 감탄했다.

"아, 아하. 그 생각은 못 했네요. 그런 상대로 짚이는 분이라도 있나요?"

[아르주나 장군이라면 더할 나위 없겠지만, 그가 탑승하고 있었다면 좀 더 이성적으로 행동을 했겠지요. 그러니 그럴 리는 없습니다. 누가 상대로 나오든 강력한 교섭카드로 활용할 수 있게끔 포로의 동석도 부탁드리고 싶군요.]

"바로 준비하겠어요."

[그리고 시위를 겸해서 시노노메 카즈마 공도 동석시켜 주시겠습니까?]

치히로는 그제야 생각이 났다는 듯 암초지대를 쳐다보았다.

카즈마는 이 사실을 모른 채로 샴발라의 전함에 접근하고 있다.

"이, 이런! 당장 카즈마를 불러들여!"

"안 됩니다! 시노노메 대장은 암초지대에 들어갔을 즈음부터 연락이 안 됩니다!"

"입자체 산포에 의한 강력한 통신방해로 추측됩니다!"

이야기를 듣고 있던 징위 대사는 문득 심각한 표정을 지었다.

[…좋지 않군요, 이건.]

"죄, 죄송합니다. 바로 적함에 경고를 하겠어요."

[그런 뜻이 아닙니다. 만약 우리의 생각이 맞다면, 재버워크는 이 전투를 어디선가 감시하고 있을 겁니다. 그런 가운데 최대의 장해물인 카즈마 공이 단독행동 중이지요. …저라면 **절대로 이 기회를 놓치지 않을 겁니다.**]

그가 무슨 말을 하려는 것인지 알아챈 치히로는 순식간에 얼굴이 새파랗게 질렸다.

잘 생각해 보면 알 수 있는 일이다. 입자체 산포로 인한 통신방해가 이루어지고 있다는 것은, 암초지대 부근에서 누군가가 교신을 방해하고 있다는 뜻이다.

카즈마와 연락을 할 수 없도록 해서 이득을 볼 이는 누구일까.

그런 존재는 하나밖에 없다.

"재버워크의 함정에 빠졌어…! 이대로 가면 카즈마가 위험해!!!"

4 장

CHAPTER
4

재버워크.

너는 내가 없앤다.

암초지대를 우회하던 카즈마는 이제야 호버 부츠를 사용한 수상 이동에 적응하고 있었다. 외골격—파워드 슈트라는 것 자체를 처음 장착해 본 카즈마는, 장착해 보고서야 비로소 그 이름의 의미를 이해할 수 있었다.

B.D.A와 마찬가지로 혈중입자를 통한 뇌파로 컨트롤이 가능한 이 외골격은, 요컨대 육체 밖에 장착하지만 육체와 같은 편리성을 지닌 병기라 할 수 있을 듯했다.

발생되는 추진력이 인체역학과는 전혀 달라 당황스럽기도 했지만, 발의 끄트머리가 자유롭게 가변 가능한 분사기로 교체되었다고 인식하자마자 외골격은 카즈마의 두 발 **그 자체**가 되었다.

발가락 끝에 분출구가 붙어 있는 감각은 묘했지만, 익숙해지니 신선하게 느껴지기도 했다.

수상에서는 평범하게 달리기보다는 연속 도약 쪽이 빠르다는 사실을 알아챈 카즈마는 몇 번이나 해수면을 박차고 암초지대에 도달했다.

'호버 시스템도 재미는 있지만, 전투에는 부적절하군. 바닥이 단단하지 않아서 불안해. 암초지대에 돌입하면 일단 전원을 끌까.'

땅에 발을 딛지 않은 상태에서의 전투는 불안할 따름이다. 이럴 줄 알았다면 수상전투에 관해 배워 둘 걸 그랬다.

암초지대의 약간 앞쪽에 펼쳐진 수해는 모습을 감추기에는 충분하고도 남는 장소였다. 적에게 발각되기 전에 대비를 해 두어야 한다.

주변에 적이 없음을 확인한 카즈마가 거대한 바위산으로 올라가려던 그 순간.

등 뒤에서 암초가 일제히 박살 나는 소리가 들려왔다.

'?!'

순간적으로 뒤를 돌아보았다. 하지만 늦었다. 카즈마의 몸통에 적외선 유도탄의 조준선이 떠오른 순간, 기관총의 탄환이 옆구리를 관통했다.

"컥…?!!"

옆으로 도약해 물러나기는 했지만 몸을 관통한 총탄의 탄흔은 작지 않았다.

반사적으로 B.D.A가 아니라 외골격을 기동시키고 만 탓에 반응이 다소 늦어졌다. 온몸에서 식은땀이 확 뿜어져 나오고 격통이 서서히 퍼져 나갔다.

혼란을 최소한으로 억누른 채, 카즈마는 자신을 공격한 자를 바라보았다.

바위 뒤에 자리한 동굴에서 살짝 보이는 저것은 대구경 기관총일 것이다.

다시 말해 카즈마를 습격한 것은 인간이라는 뜻이다.

'이런 장소에까지 복병이?! 작전을 예측했다는 말인가?!'

상황을 분석하고 빨라진 심장 고동을 억제하여 지혈했다. 다행히도 중요한 장기는 다치지 않았다. B.D.A를 기동시키면 천천히 치유가 시작될 것이다.

카즈마는 기관총의 총탄을 피하며 암초 뒤편에 몸을 숨겼다.

간신히 태세를 정비하기는 했지만, 문제는 산더미처럼 많았다.

기관총은 명백하게 인위적으로 만든 동굴 안에 숨어, 바위 뒤에서 공격해 왔다. 그렇다면 하나라는 보장은 없다.

고정형 기관총이 설치되어 있다는 것은 하루아침에 구축한 진지가 아니라는 뜻이다. 동시에 이 암초지대 자체가 큐슈에 사는 자들이 오랜 세월에 걸쳐 만들어 낸 천연요새라는 뜻이기도 하다.

'어떻게 된 거지? 의문의 적은 해적이 아니라 큐슈 총련이란 말인가?'

몸을 감춘 채 주변을 살폈다. 이 암초지대와 맹그로브가 복잡하게 뒤엉켜 있는 수해가 적의 방어선이라면 카즈마는 그 중심에서 포위된 상태일 가능성이 높다.

하지만 그것은 둘째 치고, 어째서 큐슈 총련의 인간들이 카즈마를 노리는 것일까.

'자신들을 도우러 온 상대를 공격할 이유는 없을 텐데. 하지만 방금 전의 공격은 착란에 의해 한 것 같지가 않아. 어째서 이런

수단으로 공격해 온 거지?'

숨을 헐떡이면서도 카즈마는 애써 냉정하게 생각을 계속했다.

통신은 조금 전부터 전혀 연결이 안 된다.

입자의 농도가 높은 장소에서는 통신이 어렵다는 이야기를 몇 번이나 듣기는 했지만, 이 상황에서 통신이 불가능해지니 누군가의 의도가 개입되어 있는 것처럼 느껴졌다.

바위 뒤에서 주변을 살피던 카즈마는 2시 방향에서 반짝이는 물체를 발견했다.

그 물체가 라이플의 렌즈라는 것을 깨달은 순간, 카즈마는 수해가 펼쳐진 방향으로 달려 나갔다.

대물 라이플의 탄환이 조금 전까지 카즈마가 딛고 있던 발판을 관통함과 동시에 카즈마를 조준하고 있던 총구가 사방팔방에서 불을 뿜기 시작했다.

'완전히 포위되었어…. 생각을 할 여유는 없나…!!!'

바위산을 돌아다니며 각개격파하는 수밖에 없다.

방침을 정한 카즈마는 빠르게 행동에 나섰다. 발자취를 없애기 위해 바닷속으로 들어간 카즈마는 사방에서 날아드는 총탄을 막으며 모습을 감췄다.

바닷물 때문에 상처에서 격통이 퍼지기는 했지만 배부른 소리를 할 때가 아니었다. 카즈마는 쇼크사해도 이상하지 않을 고통을 이성적으로 흘려 넘기며 깊은 바닷속을 헤엄쳤다.

하지만 그런 카즈마의 머리 위를, 거대한 짐승의 그림자가 뒤덮었다.

'대형 거구종인⋯?!'

카즈마는 최악의 타이밍이라며 욕지거리를 하고 싶었지만 그럴 상황이 아니었다.

거대한 족제비와 비슷한 거구종은 바닷속임에도 불구하고 기민하게 호를 그리듯 움직여, 일격으로 카즈마를 바다 밖으로 튕겨 냈다. 상공으로 내던져진 카즈마는 자세를 바로잡기는 했지만, 적외선 조준선이 순식간에 포착을 마치고 기관총이 불을 뿜었다.

총탄을 쳐내고자 칼을 겨누려던 카즈마는, 지금은 다른 수단이 있다는 것을 기억해 냈다. 카즈마는 호버 부츠로 입자를 오른쪽으로 최대출력 분출하여, 체공 상태에서 진행방향을 비틀었다.

'그래, 이런 식으로도 쓸 수 있나.'

바다 위를 달릴 수 있다는 것만이 호버 부츠의 장점이 아니다.

세 개의 분출구를 요령껏 사용하면 체공 상태에서 균형을 잡는 일도 가능한 것이다.

이 방법을 사용하면 다른 전술을 시도해 볼 수 있다.

카즈마는 도검을 칼집에 넣고 허리에 찬 총을 뽑아, 오른팔에 장착한 토시형 B.D.A에 힘을 주고 발걸음을 돌렸다.

'적의 위치는 파악했다. 체공 상태에서 회피행동을 할 수 있다면 도망칠 필요도 없지.'

바위산으로 고개를 돌린 카즈마는 조금 전 자신을 노렸던 기관총을 노려보았다.

자세를 낮춰 도약한 카즈마를, 기관총이 난사하여 요격했다.

약협을 대량으로 토해 내며 정확하게 카즈마에게 사격을 가했지만, 카즈마는 호버 부츠로 대기를 박차고 좌로 우로 피하며 단숨에 거리를 좁혔다.

시간으로 치면 1초도 되지 않는 공방이었다.

옆구리를 관통당해 기동력이 떨어지기는 했지만, 카즈마가 암초지대를 달리는 것은 일도 아니었다.

체공 상태에서 회피행동이 가능하다는 이점은 카즈마의 기동력에 그야말로 날개를 달아 주었다.

도저히 피할 수 없는 총탄만을 토시로 막고 튕겨 내고, 근처에 있던 기관총을 오른손에 쥔 샷건으로 견제하며 총탄의 폭풍 속을 눈 깜짝할 새에 돌파했다.

사격수의 옆으로 뛰어든 카즈마는 망설임 없이 남자의 명치를 후려쳤다.

"윽?!!"

풀썩! 남성이 앞으로 고꾸라졌다.

기역자로 굽어진 남자의 몸을 지탱한 채 한시름 놓았다는 듯 카즈마는 크게 한숨을 내쉬었다.

"이런… 큰일 날 뻔했군. 인간을 상대하려니 힘 조절이 어려워."

B.D.A를 기동시키고 있는 상태로는 자칫 잘못하면 죽여 버릴 가능성이 있었다.

정신을 잃은 듯 몸이 축 처진 남자를 가볍게 묶고서 동굴의 구조를 살펴보았다.

'과연. 바위산 안에는 동굴이 파여 있고, 개미집처럼 연결되어 있는 건가. 여길 지나면 남쪽에 있는 적은 모두 처리할 수 있겠어.'

북쪽으로 건너갈 때는 다시 위험을 무릅쓸 필요가 있겠지만, 동굴을 통해 전진하며 상대를 몰아붙이는 것이 최선의 방법일 것이다.

카즈마는 자신이 때려눕힌 상대를 바닥에 내려놓고 뺨을 두드리며 물었다.

"힘 조절을 못 해서 미안하군. 살아 있나? 내 목소리가 들리나?"

"……."

남자는 대답도 못 하고 축 늘어져 있다.

카즈마는 초조해졌다. 느낌상 정신만 잃을 정도로 힘을 억제하기는 했지만, 맞은 곳이 좋지 않았을 가능성도 충분히 있었다.

최악의 경우에는 인공호흡도 할 생각으로 토시를 벗고 다시 한번 뺨에 손을 대자.

"……? 뭐지? 몸이 이상할 정도로 차가운데."

"그야 당연하지. 어찌 되었든 죽은 뒤로 사흘이 지났으니 말이야."

갑자기 입을 연 남자는 기계적인 움직임으로 목을 수직으로 꺾어 머리를 치켜들었다.

카즈마는 깜짝 놀라 거리를 벌리고 칼자루에 손을 대었다.

"뭐… 무슨 소릴 하는 거지?"

"어라, 의외로 둔감하군. 나야. 네놈들 인류가 재버워크라 부르는 괴물."

재버워크가 음침한 미소를 지은 채 자신의 이름을 말했다.

그 순간, 카즈마의 가슴속에서 살의가 치솟았다.

카즈마도 이렇게까지 조건이 갖춰졌음에도 상황을 파악하지 못할 정도로 바보는 아니다.

칸몬 해협에 방어선을 치지 않았던 이유, 의문의 전함에 의한 기습, 암초지대에서의 전투가 이 순간 모두 하나로 연결되었다.

"설마… 큐슈 앞에 대규모 방어선을 구축할 필요가 없었던 건…! 큐슈 총련이 구축한 암초지대의 방어선을, 죽어서 탈취했기 때문이냐?!"

이 암초지대의 방어선은 놀랍도록 잘 만들어져 있다.

육로로 이어지는 이 길은 좌우가 바위산으로 막힌 계곡에 가까운 형상이며 해상 루트를 지나온 상대를 협공으로 일망타진할 수 있는 구조로 되어 있었다.

물량으로 대규모 방어선을 구축하는 것보다 함정에 빠뜨리기 쉬운 데다 설비도 잘 갖추어져 있다.

만약 아무것도 모르는 원정군이 이곳으로 발을 들였다면 전투는 순식간에 끝났을 것이다.

"후후. 다소 어폐가 있기는 하지만 대충 그렇지. 유용하게 활용할 수 있는 것은 무엇이든 써먹자는 게 내 신조니 말이야. 사라쿠라야마(皿倉山)와 이어진 이 계곡은 네놈들을 맞이할 파티 회장으로는 더할 나위 없이 좋은 곳 아니냐?"

"웃기지 마라. 죽은 사람에게 마중을 하게 해 놓고 뭐가 파티라는 거냐. 우선은 주최자가 모습을 보이고 손님을 환대하는 게 예의일 텐데."

카즈마가 분노를 감추지 않고 도발했다.

목소리는 조용했지만 카즈마는 전에 없이 격분해 있었다.

다른 것도 아니고 목숨을 걸고 자신과 싸운 자를 죽은 후까지 희롱하다니. 카즈마의 윤리관으로는 도저히 받아들일 수 없는 악랄하기 그지없는 방법이었다.

눈앞에 재버워크가 없었던 것은 다행이라 할 수 있었다.

만약 눈앞에서 이렇듯 악랄한 짓을 했다면, 옆구리에 난 상처도 무시하고 출력을 최대로 끌어올렸을 것이다.

그런 카즈마의 표정을 바라보며 재버워크는 진심으로 즐거운 듯 웃었다.

"성실한 남자로군, 네놈은. 생전의 이 시체를 알지도 못할 텐데. 이 남자에게는 네놈이 비분강개할 만한 가치가 없을지도 모르지 않으냐?"

"…이 분노는 그 사람만을 위한 게 아니야. 나 자신의 의지를 위한 것이지. 내 안의 인간으로서의 이성이, 영혼이, 너를 용서하지 말라고 부르짖고 있어. 더 이상 나는, 너를 인류와 같은 지성체라 생각하지 않을 거다."

대화할 가치가 없다. 이제 말은 필요 없다고 단언했다.

하지만 재버워크는 더더욱 재미있다는 듯 홍소(哄笑)를 터뜨렸다.

"이것 참. 시체를 함정으로 쓰는 기술은 네놈들 인간에게서 배운 것인데 말이지. 개인적으로는 눈이 번쩍 뜨이던걸? 솔직히 말해서 감동까지 했을 정도다! 지성체의 섬세한 감정을 모른다면 그런 악마적인 방법은 생각조차 못 했을 테니 말이지. 네놈은 다른 것이냐?"

"……."

"…흠? 표정을 보니 인류의 최고 번성기에는 이 방법이 비겁한 것으로 분류되었던 모양이군. 나는 묘수를 썼다고 칭찬을 받을 줄 알았는데 말이지. …하지만 인류가 영장(靈長)의 지위에서 굴러떨어진 이 시대에, 언제까지 그렇게 오기를 부릴 수 있을까?"

남자의 시체를 조종해 얼굴을 극한까지 일그러뜨려 히죽거리게 만든 재버워크는, 지금까지와는 다른 즐거움을 내포한 웃음을 터뜨리며 말했다.

"인간의 의지라고 말했지? 그렇다면 그 의지를 시험해 보도록 할까."

"뭐라고?"

"이 암초지대의 방어선은 거의 인간의 시체로 형성되어 있다. 남북을 합쳐 200명은 될 거야. 거기에 더해 내가 만들어 낸 괴물들이 넘쳐 나고 있지. 장소에 따라서는 완전 허수화한 공간도 있는데… 그중 두 사람, **생존자가 있다.**"

"뭐…?!!"

재버워크가 생존자의 존재를 명시하자 카즈마는 동굴로 이어진 바위산을 바라보았다.

암초지대에 펼쳐진 이 방어선은 매우 넓다.

모두가 시체라면 카즈마도 각오를 굳히고 싸울 수 있을지도 모르지만, 생존자가 섞여 있다면 이야기가 달라진다. 신중하게 움직일 수밖에 없다.

"너 이 자식…! 이런 비겁한 짓을 계속할 셈이냐?!"

"후하하하하!! 조금 전에 말했을 텐데?! 나는 **배운 것**뿐이라고! 믿고 말고는 네놈 마음이다! 서비스로 꽝인 시체는 유기해 둘 테니, 네놈은 순수하게 게임이나 즐겨 봐라!!!"

홍소가 울려 퍼짐과 동시에 남자의 시체가 빛을 내뿜었다.

섬광이 터짐과 동시에 남자의 시체가 폭발하며 카즈마에게 날아들었다. 이빨과 뼈가 뺨을 살짝 스쳤고, 피보라가 얼굴을 적셨다.

흙먼지와 피 안개가 섞여 시야를 뒤덮자, 피비린내가 눈 깜짝할 새에 동굴을 가득 메웠다.

카즈마는 소매로 얼굴에 묻은 피를 닦으며 한숨을 토해 내어 속에서 솟구친 분노를 겨우 억눌렀다. 인류 퇴폐의 시대에 정신을 차린 뒤로 이런저런 악랄한 행위를 목격해 왔지만, 이렇게까지 심한 경우는 본 적이 없었다.

지난번에는 지성체였기에 방심을 하기도 했다. 하지만 그것은 아우르겔미르와의 만남으로 상호 이해가 가능할지도 모른다는 기대를 품고 말았기 때문이다.

하지만 이번 만남으로 확실히 알았다.

녀석은 왕관종으로서, 새로운 영장류로서 인류를 깔보고 있는 것이 아니다.

불사이기 때문에 생명의 가치 자체를 이해하지 못하고 있는 것이다.

"…인정하지. 내가 잘못 생각했다. 너는 앞으로 아무리 경험을 쌓아도, 인류의 이웃은 되지 못할 거다."

천명(天命)이 있는 인류와, 영원을 손에 넣은 괴물.

인간처럼 말을 하고, 인간처럼 희로애락이 있다 해도… 거기서 도출되는 결론이 너무도 다르다.

생명의 변성조차도 손쉽게 행할 수 있는 재버워크에게 생명은 화폐만큼의 가치도 없는 것이다.

녀석과 상호 이해에 도달할 수 있는 수단을 지금의 카즈마는 알지 못한다.

카즈마는 칼의 날밑을 밀어 올린 상태로, 자기 자신에게 맹세하듯 중얼거렸다.

"각오해라, 재버워크. 이 칼에 걸고, 너는 내가 없앤다."

동굴을 노려본다. 그러자 재버워크가 조종하는 시체들이 천천히 몰려들었다.

B급 좀비영화 같은 얼굴을 한 큐슈 총련의 인간들에게서는 생명력이라는 것이 전혀 느껴지지 않았다. 그들이 어떻게 살았으며 어떻게 죽었는지, 카즈마는 알지 못한다.

하지만 지금까지 그러했듯, 그들의 죽음 앞에 선 카즈마는 살며시 두 손을 모아 합장을 했다.

…4개월 전까지만 해도 학생이었던 카즈마에게는 인간을 벨 수 있을까 하는 불안감이 있었다.

군에 소속된 이상, 해적이나 타국과 싸울 일도 있을 것이다.

그렇지 않더라도 언젠가는 반드시 인간을 베어야만 하는 날이 올 것이다.

아무리 퇴폐의 시대라고 하지만 과연 자신이 인간의 목숨을 빼앗을 수 있을까 싶어 고민에 빠졌던 밤이 적지 않았다.

그런 카즈마의 앞에 인간의 시체가 나타나 움직였다.

인간의 형태를 한 이 용병들은 카즈마의 각오를 확인하기에는 **지나치게 좋은** 상대였다.

"죄송합니다. 저는… 당신들을 베겠습니다."

이 경험을 결코 헛되이 하지 않겠다.

생존자는 반드시 구해 내 보이겠다.

맹세하듯 그렇게 중얼거린 후… 그 자리에 잔상을 남기며 한 걸음에 거리를 좁혔다.

"훅!!!"

파리한 번갯불이 번득이는가 싶더니 카즈마는 그야말로 귀신과 같은 기세로 맹공을 퍼부었다.

외길로 된 동굴을 전진하고 있는 시체 병사들은 카즈마를 인식하자마자 기관총을 겨누고 마구잡이로 난사하기 시작했다.

하지만 순식간에 거리를 좁힌 카즈마를 정확히 조준하는 것은 지극히 어려운 일이었다.

무장 AI에 의한 자동조준으로도 이 속도는 포착하지 못한다.

적진 한복판으로 뛰어든 카즈마를 공격하고자 시체들은 기관총으로 서로를 벌집으로 만들었다. 총탄이 맞지 않은 좌우의 두 명을 점찍은 카즈마는, 우측에 있던 남성을 비스듬히 베고 허리를 회전시키며 무릎을 굽혔다.

하단 자세의 불리함이 전혀 느껴지지 않는 부드러운 동작으로 칼날의 뿌리 부분이 허리에 닿도록 몸을 웅크렸다가, 무릎을 펴는 동작의 기세를 이용해 칼을 쳐올려 아래턱부터 정수리까지를 벴다.

카즈마는 적들의 오발을 유도하기 위해 지근거리까지 접근했지만, 이 거리에서도 칼의 특성을 염두에 두면 충분히 싸울 수 있었다.

인체를 종으로 베는 것에 중점을 둔 것은 어느 정도 파괴해야 시체가 멈추는지를 확인할 필요가 있었기 때문이다.

한쪽은 심장과 함께 몸통을 베었고, 한쪽은 머리를 두 동강 냈다.

카즈마의 생체자기제어—바이오피드백은 육체를 완전히 제어하는 역할만 하는 것이 아니다.

인간에게는 체내에서 분비되는 약물을 조정함으로써 희로애락과 같은 감정을 억제하는 힘이 있어서, 무의식적으로 정신적인 부담을 줄이려 한다.

감정의 제어를 불수의(不隨意) 운동에 맡기지 않고 인위적으로 실행함으로써 자신의 감정을 완전히 제어하여, 언제나 냉정한 판단을 내릴 수 있는 기술을 그는 습득했다.

…그리고 이 기술은, 인간을 베기 위한 비정함을 얻는 데도 유용했다.

"……."

카즈마는 자신이 벤 인간의 시체를 돌아보았다. 하지만 감정은 흔들리지 않았다.

이것은 인체역학으로 만들어 낸, 인위적인 명경지수(明鏡止水)의 경지다.

이성적인 군대를 만든다는 명목으로 300년 전부터 진행되었던 생체자기제어의 연구를, 그의 유파는 몇 대에 걸쳐 진행해 왔다.

하지만 평화로운 시대를 살아온 카즈마는 이전까지 이 감정 제어에 어떠한 의미가 있는지 깊이 이해하려 하지 않았다.

검술 스승인 할아버지도 명경지수에 지나치게 몰두하는 것은 좋지 않다고 카즈마에게 경고했기 때문이다.

하지만… 지금이라면 이 기술에 어떠한 의미가 있는지 또렷하게 알 수 있었다.

찢어져 흘러나온 내장이며 두개골의 단면, 그리고 코를 찌르는 썩은 내. 그 모든 것들이 정신을 병들게 하기에 충분할 정도로 자극적이었다.

전장에서 심적 외상―PTSD가 발병하는 병사가 많은 이유는, 손상된 인체가 초래하는 정신에 대한 폭력이 마음을 병들게 하기 때문일 것이다. 생체자기제어는 이러한 것들을 완화하기 위해 뇌내 약물을 과다분비시켜 정신의 안녕을 지키고 있다.

카즈마도 생체자기제어를 수련하지 않았다면 발광했어도 이상할 것이 없었다.

'…할 수 있어. 이 상태라면 인간을 상대로도 싸울 수 있어.'

명경지수의 경지에 빠져 완전히 싸늘하게 식은 마음을 유지한 채, 좌우에 위치한 적의 동향을 확인했다. 일부러 심장을 피해 공격했던 시체는 머리가 두 동강 난 상태로도 카즈마를 공격하기 위해 오른손을 치켜들었다.

그 즉시 심장을 찌르자 시체는 움직임을 멈추고 무너져 내렸다.

다시 말해서 심장이 시체의 **핵**이다.

만약 재버워크가 이 자리에 있었다면 '의외로 눈치가 빠르군, 네놈'이라고 욕지거리를 했으리라.

재버워크가 어떠한 수단으로 시체를 조종하고 있는지는 모르겠지만, 인체가 동력을 얻기 위한 중심에 씨앗을 심는 것은 당연한 일이라 할 수 있었다.

녀석은 뇌신경을 통해 심장을 지배하는 것이 아니라 심장을 통해 뇌신경을 지배하고 있다. 믿기 어려운 일이기는 하지만, 이 시체에는 본래의 법칙과 다른 무언가가 작용하고 있는 것 같다.

카즈마는 그렇게 가정을 하고서 모든 시체를 심장과 함께 일도양단했다.

빗발치듯 날아드는 총탄 속을, 세 겹으로 포갠 시체를 방패 삼아 뚫고 나아간다.

좁은 통로에서 찌르기 기술을 자주 사용하지 않은 이유는 동작을 수습하는 것이 느리기도 하거니와 손상률이 낮아질 가능성이 있기도 했고, 아직 재버워크가 감추고 있는 능력이 존재할 가능성을 염두에 두었기 때문이다.

'지난번 전투에서는 먼지로 만들기 전까지 몇 번이나 시체를 부활시켰었지. 어쩌면 전혀 다른 계통의 능력을 사용하고 있는 것인지도 몰라.'

인체를 되도록 파괴해 둘 필요가 있다고 이성이 호소하는 반면, 칼을 휘두르는 손과 감정은 한없이 차가워지고 있었다.

어떤 이유가 되었든 카즈마는 지금, 인간을 베고 있기 때문이다.

상대가 죽은 자인 이상, 직접적인 사인은 카즈마가 아니다.

기관총을 겨누고 있으니 이건 정당방위라는 의식도 있다.

생존자를 한시라도 빨리 구하려면 수단을 고를 때가 아니기도 하다.

밀려드는 시체 병사들과 총탄을 벽을 박차 피하며 베어 나갔다. 사후경직 때문에 피는 상처에서 흘러나오지 않았고, 시체는 뻣뻣한 소리를 내며 무너져 내렸다.

카즈마의 칼에 베인 시체는 이미 원형을 유지하고 있지 않아서, 원래는 어떤 인간이었는지조차 판별할 수가 없었다. 그들이 누구였는지 판별할 방법이 없으니, 그 죽은 자의 최후는 영원히 기록조차 되지 않은 채 묻히고 만다. 유족들의 마음도 영원히 허공을 맴돌게 될 것이다.

…그 사실만은 정말로 미안하다는 생각이 들어 얼굴이 구겨졌다.

죽은 후까지 이용당하고 있는 그들을 이 이상 모욕하고 싶지는 않았다.

카즈마는 오장육부의 절단면이 훤히 드러난 시체의 옆을 지나쳐 다음 집단을 찾기 위해 달려 나갔다. 하지만 제1진을 물리치자마자 땅속에서 뻗어 나온 오른손에 붙들리고 말았다.

"윽…?!"

하지만 인간의 오른손이 아니었다. 손가락이 네 개인 털북숭이 괴물이다. 거구종조차 아닌 그 생명체는 자연계에서 진화한 것이 아니다.

아마도 재버워크가 창조한 생명체이리라.

지성이 있기는 한지, 야성밖에 없는지, 아니면 조종당하고 있는 것뿐인지. 카즈마로서는 알 수가 없다. 카즈마는 바이스와 같은 힘으로 자신을 붙든 그 괴물을 내려다보고는, 가볍게 다리를 흔들어 짐승의 오른팔을 떨쳐 내고 있는 힘을 다해 땅을 짓밟았다.

모습을 드러낼 새도 없이 카즈마의 각력(脚力)으로 인해 압사한 괴물은 균열을 통해 피와 절규를 뿜어내며 절명했다.

하지만 한 마리만이 아니었다.

창조된 생명체들은 기이한 소리를 내며 이빨을 드러낸 채 동굴에서 차례로 카즈마에게 덤벼들었다. 불완전한 조형이 불쾌함을 유발시키기는 했지만, 지금의 카즈마에겐 의미가 없다.

카즈마는 무감정하게 칼이 아닌 주먹을 휘둘렀다.

키약. 기분 나쁜 비명을 지른 괴물을 찌부러뜨리고는 손바닥을 펼치고 호를 그리듯 회전시켜 네 마리를 붙잡아 벽으로 밀어붙여 있는 힘껏 분쇄했다. 바위에 부딪힌 괴물들은 붉은 과실이 터질 때처럼 사방팔방으로 피보라를 흩뿌렸다.

생명체를 산 채로 압착기에 넣어 짜내면 분명 이런 처참한 상황이 벌어질 것이다.

50구의 시체를 베고 60마리의 괴물을 박살 내고서야 카즈마는 비로소 걸음을 멈췄다.

'…끝이 없군.'

카즈마는 재버워크의 본체가 나타나지 않을까 경계하고 있었지만 이만큼 들쑤셔도 모습을 보이지 않는 것을 보면, 녀석의 본진은 이곳이 아닐지도 모른다.

하지만 본진이 아니라면 더더욱 이해가 안 되었다.

시노노메 카즈마와 재버워크가 일대일로 싸우면 십중팔구 재버워크가 승리할 것이다. 그런 상황을 염두에 두고 카즈마과 원정군을 따로 떼어 놓은 게 아니었다는 말인가.

'나를 죽이는 게 목적이 아니라면… 다른 이유가 있을지도 모르겠군.'

경계하듯 느릿한 걸음으로 전진한다.

벽 근처에서 사람의 모습을 확인한 카즈마는 신속의 검격을 적에게 날렸다.

하지만,

"히… 히익?!!"

"큭?!!"

아슬아슬하게 카즈마의 칼이 멈췄다. 지금까지 상대했던 인간들과 달리 생생한 반응이 돌아왔다. 목의 피부가 약간 찢어지기는 했지만 생명에 지장은 없다.

자세히 보니 그 뒤에는 여성의 모습도 있었다. 재버워크가 선언했던 대로 둘이다.

칼날 앞에 선 남녀는 드디어 생존자를 발견했다는 얼굴로 카즈마를 끌어안으려 했다.

"다, 다행이다! 사, 사, 살아 있어! 살아 있는 인간이야!"

"이제 틀린 줄 알았다고!!"

찢어져서 너덜너덜해진 옷과 검댕으로 더러워진 얼굴. 이 동굴 안에서 오랫동안 헤맨 것이리라. 제대로 된 장비도 없이 살아남은 게 용할 정도였다.

남녀 병사는 눈물을 훔치고 코맹맹이 소리를 내며 어렵사리 찾은 희망의 빛에 매달렸다.

휘청거리는 다리로 카즈마를 향해 다가와 쓰러진 두 남녀는….

""…**속았지 ♪**""

두 남녀의 몸이 팽창했다. 인간의 형태를 알아보지 못할 정도로 부풀어 오른 두 남녀는, 눈부신 섬광과 함께 대폭발을 일으켜 계곡을 격렬하게 진동시켰다.

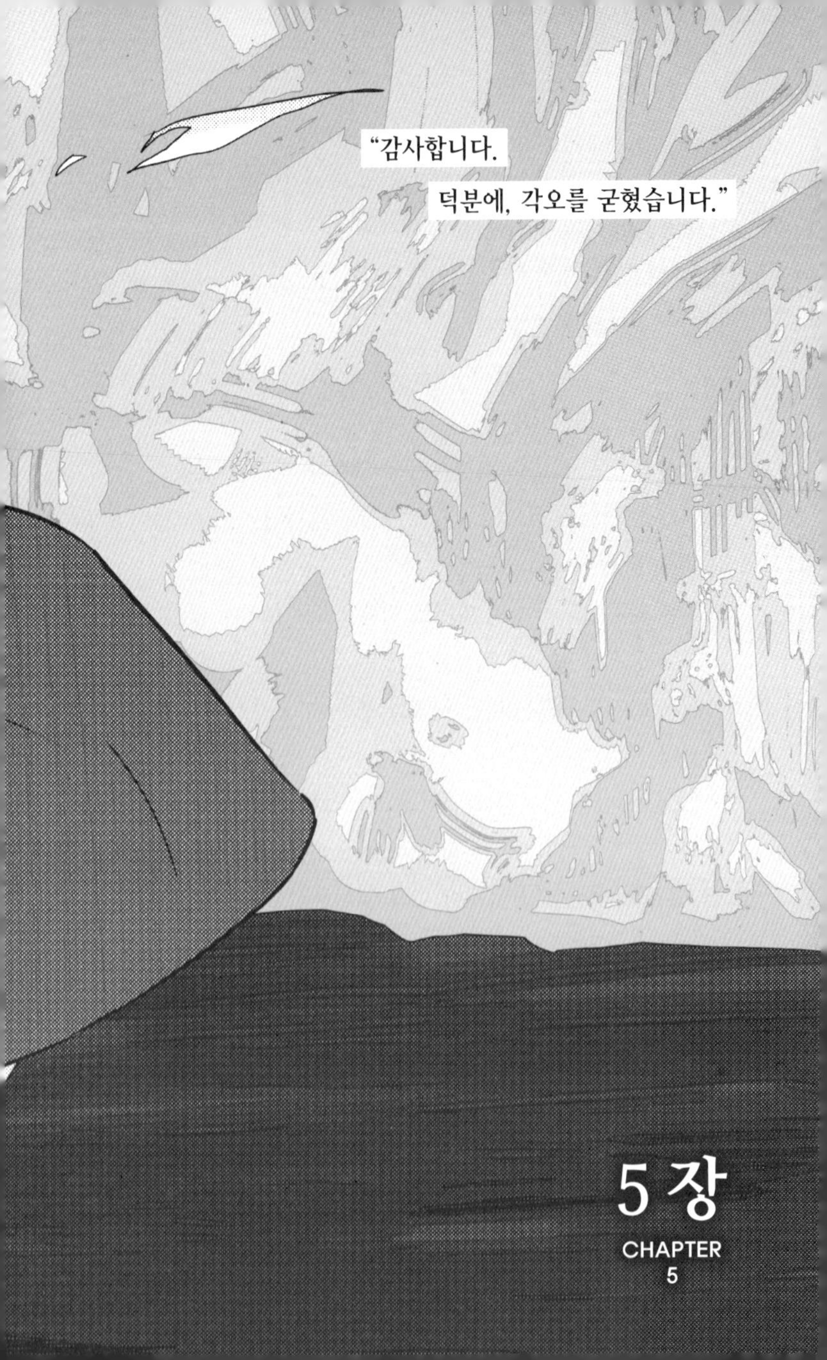
"감사합니다.
덕분에, 각오를 굳혔습니다."
5 장
CHAPTER
5

은은한 불빛이 밝혀진 암벽으로 된 작전지령실.

꾀죄죄한 나무 상자에 앉은 남자— 두 팔과 두 다리를 모두 강철 같은 의수, 의족으로 교체한 남자는 한 손으로 입체형 큐브퍼즐을 지분거리며 물었다.

"…그래서, 그 소년은 어떻습까? 재버워크 나리. 나리의 작전을 칭찬해 주던가요?"

필사적으로 큐브를 회전시키는 의수와 의족을 장착한 남자. 보기에 인간임은 틀림없는 듯했지만 그렇다면 어째서 재버워크와 행동을 함께하고 있는 것인가 하는 의문이 남았다.

얼굴 생김새도 도무지 야마토 민족으로는 보이지 않았다.

큐슈 총련의 시체를 조작하고 있는 것도 아닌 듯했다.

실제로 재버워크는 다른 시체를 조종해 그 자리에서 대기하고 있었다.

"흐음… 나는 완벽한 작전이라고 생각했지만, 뭐가 마음에 안 들었던 건가? 시체를 사용한 것이 마음에 안 들었던 건가? 하지만 네놈의 말이 사실이라면 인류가 동족상잔의 대전을 치렀을 때는 더욱 비열한 수법도 사용했을 텐데?"

"기록이 사실이라면 끝장이죠. 시체를 함정으로 써먹는 건 귀여운 축에 속하니까요. 대전 때는 아이에게 폭탄을 두른 채 적의 진지 주변을 얼쩡거리게 하고서 폭파시켰다고 하니 말입다."

짝! 재버워크는 손뼉을 쳤다.

"호오… 그거 실로 획기적이군. 살아 있는 아이라면 적지에서도 보호할 가능성이 있으니, 기지 내부로 폭탄을 반입하기 쉬울 거다 이건가."

"그렇죠, 그렇죠. 그리고 아이와 함께 폭파시키는 검다. 끝내주지 않습까?"

"근사하군! 최소한의 전력으로 최대의 성과를 내는 동시에 정보누설도 방지할 수 있는, 실로 합리적인 작전이야! 다음부터는 살아 있는 인간으로 시도할 수 있도록 노력해 보지!"

계획적인 전략이라고 진심으로 감탄하는 재버워크.

의수와 의족을 장착한 남자도 재버워크가 기뻐하는 모습에 만족하고는 큐브퍼즐을 옆에 내려놓았다.

"그나저나 나리도 참 별나심다. 인간도 아니면서 우리에게 의뢰를 하다니."

"그런 식으로 치면 내 의뢰를 받아들인 네놈의 왕도 별종이긴 마찬가지일 텐데. '선상민족―마리안'이라는 작자들은 자유로운 인간들이라 들었지만, 그건 인류의 틀 안에서만 해당되는 이야기라고 생각했거든."

"이야, 그건 오해임다. 우리 대장이 별종인 것뿐이니까요. 게다가 선상민족이라는 호칭도 별로고요. 그건 아라비아해의 **짝퉁** 해적들의 속칭 아님까? 우리 대장은 좀 더 제대로 된 해적이라니까요."

그런 건가, 하고 재버워크는 인식을 수정했다.

폭발음이 들려온 것은 바로 그때였다.

남자는 완성한 큐브퍼즐을 만족스러운 얼굴로 흘끗 쳐다본 후, 있는 힘껏 두들겨 부쉈다.

"…슬슬 때가 됐네요. 그럼 작전대로 할 테니 잘 잠입하시라고."

"나만 믿어라. 최고의 연기를 보여 줄 테니."

의수와 의족을 장착한 남자가 동굴에서 뛰쳐나갔다.

재버워크는 바로 뒤에 있던 인질 소녀를 억지로 끌어당겼다.

얼마쯤 지나자 키가 큰 인간—시노노메 카즈마가 모습을 나타냈다.

"찾았다, 재버워크."

카즈마는 시체의 폭발로 피를 뒤집어썼지만 손상은 전혀 입지 않은 듯 보였다. 폭발 직전에 자폭하기 위해 덤벼든 남녀의 시체를 억지로 떼어 내어 동굴 밖으로 던졌던 것이다.

재버워크는 어이가 없다는 듯이 카즈마를 쳐다보았다.

"나 이거 원… 대단하군. 이렇게까지 가차 없이, 그리고 망설임 없이 동족의 시체를 부수고 돌아다니다니. 덕분에 절반이 사라졌잖아."

에둘러 한 칭찬을 카즈마는 무시했다.

곧장 덤벼들지 않았던 이유는 녀석의 뒤쪽과 오른쪽에 인질이 한 명씩 있었기 때문이다.

어두워서 안쪽에 있는 여성의 얼굴까지 보이지는 않았지만, 재버워크의 옆에 서 있는 소녀의 얼굴은 또렷이 보였다.

'…저 생기 있는 표정. 살아 있는 게 분명해.'

안도의 한숨을 내쉰다.

인질은 윤기 나는 검은 머리카락을 머리 위로 묶은 아름답고도 어린 소녀였다.

쌍둥이 자매와 키가 비슷하니 나이는 열두 살 정도이리라. 어쩐지 나이와는 어울리지 않는 덧없는 분위기가 감돌고 있었는데, 안색은 좋지 않아 보였다.

콜록콜록…. 소녀가 기침을 하는 것을 확인한 카즈마는 날카로운 눈빛으로 재버워크를 노려보고는 억양 없는, 위압적인 목소리로 말했다.

"쓰레기 같은 자식. 여자를 둘이나 인질로 잡지 않으면 적 앞에 서지도 못하는 거냐?"

"그런 소리 마라. 게임성을 강화시키고자 내 나름대로 궁리를 해 보려 했지만, 네놈의 진격이 생각했던 것보다 훨씬 빨랐다. 설마 한순간도 망설이지 않고 이곳까지 올 줄이야. 병사 중에 생존자가 섞여 있을 거라고는 생각지 않았던 거냐?"

확실히 아까 말한 문맥을 생각해 보면 병사 가운데 생존자가 섞여 있다고 생각하는 편이 자연스러울 것이다. 실제로 조금 전 나타났던 남녀의 표정은 살아 있는 것처럼도 보였다.

하지만 카즈마는 천천히 고개를 가로저으며 답했다.

"미안하지만 전혀 생각하지 않았다. 네 능력에 관해 고찰하면 고찰할수록, 생존자를 병사로 운용할 이유가 없었으니까. 전력을 탈취당할지도 모른다는 위험성만 있지."

"…흠, 일리가 있군. 그럼 이 소녀들은 어떻게 생각하지?"

재버워크가 인질로 잡힌 소녀의 목에 나이프를 가져다 대고 비열하게 웃었다.

하지만 카즈마는 당황한 낌새를 보이지 않았다.

당황하기는커녕 가만히 칼날을 재버워크에게 겨누어 견제하며 코웃음만 쳤다.

"그 여자들은 **죽인 상대의 능력마저도** 뜻대로 써먹는 네가 굳이 살려 둔 거지? 그럼 무슨 이유인지는 모르겠지만, 그 여자들은 네게 '살려 두는 데에 의미가 있는' 여자애라는 뜻이겠군."

"……!"

재버워크의 표정이 처음으로 불쾌함으로 구겨졌다.

아무래도 포커페이스를 무너뜨릴 정도로 치명적인 정보였던 모양이다.

그렇다면 이 소녀들을 보호하는 것은 최우선사항이라고 인식해야만 한다.

이 괴물이 어떤 목적으로 큐슈에 나타난 것인가, 하는 의문점도 저 소녀와 관련되어 있을 가능성이 있다.

"네게는 그 아이를 죽일 수 없는 이유가 있다. 다시 말해 인질로서의 가치는 없는 거지. 지금 당장 풀어 주고 얌전히 나와 싸워라, 재버워크."

"……."

대답이 없다.

재버워크는 눈을 가늘게 뜬 채 기회를 엿보고 있다.

하지만 카즈마의 추측이 확신에 가까워진 그 순간, 인질 소녀가 조용히 웃었다.

"…여기까지군요, 재버워크. 머리싸움은 당신이 진 것 같습니다. 이번에는 순순히 물러나는 게 어떤가요?"

이 말에는 이 자리에 있던 모두가 놀랐다. 소녀는 우수 어린 눈으로 재버워크를 노려본 채 콜록콜록 기침을 하며 말을 했다.

"…당신도 저의 수명에 관해서는 아시죠? 돌아가든 돌아가지 않든, 저는 오래 살지 못해요. 당신의 목적은 그렇게 짧은 시간 동안 달성할 수 있는 것인가요?"

'큭, 이런…!'

카즈마는 초조해졌다. 이 소녀의 정체가 무엇인지는 모르겠지만, 아무리 그래도 도발이 지나치다. 카즈마의 추측이 옳다면 재버워크의 본체는 이 장소에 없다.

인질이라는 수단을 쓴 것은 이 진지가 아까워서가 아니라, 어떻게 해서든 두 명의 여성을 데리고 돌아가겠다는 의지가 있었기 때문이었다.

그녀가 자포자기식의 행동을 취하지 않으면 구해 낼 가능성은 매우 크다.

그런데 이 아이는 자신의 수명이 얼마 남지 않았다고 단언하고 말았다.

굳이 자신의 가치를 떨어뜨리는 말을 해서 재버워크의 마음이 변하기라도 하는 날에는, 무슨 수를 써도 구해 낼 수 없을 정도로 거리가 멀다.

"그 아이를 풀어 줘, 재버워크. 뭐가 목적인지는 모르겠지만, 필요해서 살려 둔 것일 텐데? 이곳을 포기하겠다면 그 아이의 병은 우리가 반드시 치료해 보이지. 재대결은 그런 다음에 해도 되잖아."

"부디 저는 신경 쓰지 마세요. 데리고 다녀 봐야 목숨을 노리는 이가 많은 여자니까요. 기껏해야 앞으로도 역신(疫神) 취급이나 당하겠죠."

"그렇지 않아!!!"

카즈마가 성난 목소리로 외치자 소녀는 비로소 카즈마의 눈동자를 똑바로 쳐다보았다.

목소리를 높인 카즈마 본인도 어째서 자신이 이렇게까지 화를 낸 것인지 알지 못한 채, 두 사람을 동시에 노려보았다.

"…나는, 네가 누구인지 몰라. 어째서 재버워크에게 붙잡혀 있는지 짐작도 못 하겠어. 하지만 이것만은 보장할 수 있지. …내 동료는, 너를 버리지 않아. **절대로.**"

"……!"

칼자루를 강하게 움켜쥐며 언제든 달려들 수 있도록 왼발을 뒤로 물렸다. 이런 상황이라면 언제 재버워크의 마음이 바뀔지 모를 일이다.

소녀의 목에 가져다 댄 나이프가 조금이라도 움직이면 카즈마는 각오를 굳히고 달려들 수밖에 없다.

큐슈 총련의 생존자가 그녀밖에 없다면 어떻게 해서든 구해내어 상황을 확인해야만 하기 때문이다.

일촉즉발의 분위기가 감돌고 무거운 침묵이 흘렀다.

상대가 살아 있는 자였다면 호흡과 시선을 보고 의식의 빈틈을 노려 선수를 치는 것도 불가능하지 않았을 것이다. 하지만 죽은 자가 상대일 경우, 이 방법은 쓸 수 없다.

'제길…! 이럴 줄 알았다면 총을 다루는 연습을 좀 더 해 둘걸…!'

산탄총으로 녀석만을 맞힌다는 건 현실적이지가 않다.

카즈마는 초조함에 사로잡혀 다른 방법이 없을까 궁리하기 시작했다.

초조함만이 커지는 가운데… 재버워크가 비웃음 같은 미소를 지었다.

"…흥. 꽤나 무책임한 소리를 하는군."

"뭐라고?"

"하지만 이해했다. 그러니까 네놈은, **정말로 아무것도 모르는 것이로군**?"

실망 섞인 비웃음의 의미를 카즈마는 알 수가 없었다. 이게 무슨 상황인지 파악이 안 된 것은 맞지만, 파악을 못 한 것을 비난하리라고는 생각지도 못했던 것이다.

재버워크가 무엇에 실망하고 무엇을 무책임하다고 규탄했으며 무엇을 비웃은 것인지.

…혹은, 무엇에 분노를 느낀 것인지.

만약… 그렇다, 만약 이때 카즈마가 그녀의 사정을 알아챘더라면. 그렇게까지 사태가 커지지는 않았을지도 모른다.

"이 아이는 넘기지 않겠다. 이 아이는 내 소중한 장기짝이다. 최종적으로는 반드시 손에 넣을 거다."

"윽…?!"

"이쪽이 할 말이다. 너에게 그 아이를 넘길 수는 없어."

"그러냐. 그럼 네놈은 여기서 죽어라."

여성의 시체가 카즈마를 향해 오른손을 뻗었다. 그 순간, 시체의 오른팔이 변형되어 뻗어 나왔다. 하지만 이제 와서 팔이 늘어난다 해도 문제될 것은 없었다.

카즈마는 칼끝을 늘어난 팔에 조준한 채 질주해, 시체를 한일

자로 베었다.

칼을 휘두르는 기세를 이용해 급접근한 카즈마는 소녀를 끌어안고 앞으로 굴렸고, 자세를 바로잡아 방향을 틀자마자 심장을 노리고 일직선으로 돌격했다.

하지만 재버워크도 예상했던 것이리라.

여성의 시체는 순식간에 팽창하여 터지기 직전의 풍선처럼 커졌다.

"윽, 자폭인가?!"

돌격 중인 카즈마는 멈출 수가 없다. 그리고 등 뒤에는 소녀가 있다. 폭풍이 일어나면 온전하게 지킬 수 없다. 때문에 조금이라도 소녀에게서 멀리 떨어뜨려 놓기 위해 바위를 뚫고 공중으로 몸을 날렸다.

시체는 격렬한 섬광을 내뿜으며 폭발했고 카즈마는 시체의 피를 뒤집어쓴 채 그대로 낙하했다.

피비린내에 얼굴을 찌푸리기는 했지만 상처라 할 만한 건 전혀 없었다.

살의는 진짜였지만 재버워크도 이러한 수단으로 죽일 수 있다고는 생각하지 않았을 것이다.

발 근처에 널브러진 머리가 카즈마를 노려보며 마지막 저주를 남겼다.

"반드시. 반드시… 그녀는 되찾겠다."

"큭…."

집착에 가까운 감정을 내보이는 재버워크.

정적이 깔린 가운데, 카즈마는 얼마간 그 자리에 멍하니 서 있었다. 그토록 쉽게 생명을 쓰고 버렸던 재버워크가 이렇게까지 무언가에 집착을 할 줄은 몰랐기 때문이다.

인간을 옛 시대의 영장류라며 비웃던 그 괴물이 무엇 때문에 저토록 집착하는 것일까. 혹시 이 검은 머리 소녀에게는 이용가치 이상의 **무언가**가 존재하는 걸까.

'…그만두자. 부질없는 생각이야.'

카즈마는 상호간의 이해를 기대하려는 사고를 봉인했다.

저 괴물과 인간은 가치관이 너무도 다르다. 그 결론 자체에는 틀림이 없을 터.

재버워크와 공존하기 위한 허들은 너무도 높다. 공존하기 위해서는 많은 싸움과 많은 기적이 필요할 것이다.

하지만 지금의 인류에게 그럴 여유는 없다.

모든 이가 그날을 살아 내는 것이 고작인 세상에 문제가 더 추가될 뿐이다.

…그런 식으로 자기 자신을 타이르며 소녀에게 돌아갔다.

검은 머리 소녀는 또 한 명의 여성의 밧줄을 풀어 주고 예의 바르게 카즈마를 기다리고 있었다.

그녀는 처음으로 카즈마를 똑바로 쳐다보며 억양 없는 목소리로 감사 인사를 했다.

"구해 주셔서 감사합니다. 당신은 극동에서 오신 분인가요?"

"그래. 시노노메 카즈마다. 이래 봬도 일단은 적복이지. 이제
안심해도 돼…라고 말한들, 피를 뒤집어쓴 상태라 잘 안 보이
려나."

자신의 모습을 돌아본 카즈마는 떨떠름한 표정을 지었다. 이
렇게 말하기는 좀 그렇지만 꼴이 말이 아니었다.

카즈마에게 덤벼든 시체는 죽은 뒤 며칠이나 지난 상태여서
썩은 내가 코를 찔렀다. 뒤집어쓴 피는 검게 물들어 있었고 절단
된 몸은 메마른 짚단처럼 무미건조한 소리를 내며 허물어졌다.

그럼에도 전투행동을 취했을 때 만큼은 엄청난 시체들이었다.

기관총을 겨누는 시체에 나이프를 들고 격투전을 시도한 시체
까지, 전투능력 그 자체는 생전과 다를 바가 없어서 더더욱 질
이 나쁜….

'…아니, **뭔가 이상한데**. 잘 생각해 보니, 모든 시체가 상처도
없고 지나치게 말끔했던 것 같은….'

"카즈마 씨."

소녀가 이름을 부르는 바람에 카즈마는 화들짝 놀라 고개를
들었다.

소녀는 가슴에 손을 얹고서 다시 한번 고개를 숙이더니 예의
바르게 자신의 이름을 말했다.

"소개가 늦었습니다. 저는 아자카미 미요(毗上三四)라고 불리고 있어요."

"아자카미… 아자카미? 혹시 입 구(口) 부수에 이 차(此)자를 써?"

"네? 네, 그 아자카미인데요."

아자카미 미요는 의아한 듯 고개를 갸웃했다.

카즈마는 성이 같은 친구에게 아자카미는 큐슈 특유의 성이라고 들은 적이 있었다. 실례라는 것은 알면서도 아자카미 미요를 뚫어지게 관찰한 후, 거북한 듯 목덜미를 긁적였다.

"으음… 아자카미. 네 아버지와 어머니의 가계도를 알아?"

"모릅니다. 저는 날 때부터 천애고아였으니까요. 그래서 박사의 손에 자랐지요."

카즈마는 곧바로 불쾌한 표정을 지었다.

"천애고아…. 게다가 방금, '아자카미 미요라고 **불리고 있다**'고 했지? 다시 말해 아자카미라는 건 누군가가 붙여 준 성이라는 건가?"

"…네? 그렇기는 한데, 어째서 그런 걸 물으시죠?"

"왜냐하면 아자카미는 '자재(毗災)'와 신(神)을 뜻하는 위 상(上)자를 합친 이름, 다시 말해서 '재앙의 신'이라는 뜻이니까. 일본에서도 흔치 않은 성이라고 들었어. 내 지인 중에도 한 명 있었는데 언제나 이 이야기를 하며 쓴웃음을 지었을 정도지. 이름을 붙여 준 사람은 그 의미를 알고 붙인 건가?"

이야기를 들은 순간, 미요의 표정이 얼어붙었다.

안 그래도 안색이 좋지 않았던 얼굴에서 순식간에 핏기가 가시는가 싶더니, 끝내는 입가를 가린 채 무릎을 꿇고 말았다.

눈에는 필사적으로 눈물을 참는 듯한 낌새까지 보였다.

카즈마는 만나자마자 무례한 말을 하고 말았다는 사실을 알아채고는 허둥지둥 미요에게 달려갔다.

"아, 아니, 미, 미안! 기분을 상하게 했다면 사과할게. 게다가 어쩌면 뜻을 모른 채 그냥 멋있다는 이유로 붙였을 수도 있으니까…!"

카즈마는 허둥대며 얼버무렸다. 상당히 무리가 있는 변명이었지만 달리 둘러댈 방법이 떠오르지 않았던 것이리라.

그때, 퍼덕퍼덕 새의 날갯짓 소리가 들려왔다.

어디선가 날아온 극채색을 띤 새가 무릎을 꿇고 쓰러져 있는 미요에게 다가와 앉았다. 새가 미요를 위로하듯 낮은 울음소리를 내자 그녀는 덧없는 미소를 지었다.

"……. 네, 저는 괜찮아요. 위로해 줘서 고마워요."

극채색을 띤 새를 쓰다듬은 후, 아자카미 미요가 비틀대며 일어났다.

참고 있던 눈물은 이미 사라져 있었다. 그 대신 강한 의지가 눈동자에 깃들었다.

입가를 억누른 채 기침을 하던 그녀는 카즈마에게 들리지 않을 만큼 작은 목소리로 중얼거렸다.

"네… 정말로 감사합니다, 카즈마 씨. 덕분에 **각오를 굳혔습니다.**"

"뭐라고?"

"신경 쓰지 마세요. 그보다 카즈마 씨. 혹시 극동의 분들은 큐슈 총련의 생존자를 찾아 사라쿠라야마 근처까지 온 건가요?"

"그래. 재버워크가 본격적으로 움직이기 전에 전력을 갖춰 두고 싶기도 했고, 피난민을 보호하기 위해서. 어디에 있는지 알아?"

"저는 모르지만, 자세한 장소는 여기 있는 여성분이 알고 있어요."

"그렇군. 그럼 두 사람 모두 일단 우리 전함으로…."

카즈마가 두 사람을 짊어지려던 그때.

대지를 뒤흔드는 거대한 진동이 일대를 덮쳤다.

"윽…?"

처음에는 지진이라 생각했지만, 진동은 한 번으로 그치지 않았다. 오히려 진동은 점점 커지며 카즈마 일행 가까이 다가오는 듯한 착각을 불러일으켰다.

진동으로 바위가 무너지기 시작해서 동굴도 언제까지 버틸지 모를 일이다.

자연발생한 진동이 아니라고 확신한 카즈마는 두 사람을 짊어지고 동굴에서 뛰쳐나갔다.

하지만 그 순간, 카즈마보다 몇 배는 거대한 물체가 바위산의 방어거점을 일격에 쓸어버렸다.

"뭐… 뭐야, 이 녀석은?!"

카즈마는 경악해서 소리쳤다. 무리도 아니었다.

바위산의 방어거점을 쓸어버린 물체는, 거대한 나무뿌리 그 자체였다.

대지를 찢을 듯 뻗기 시작한 나무뿌리는 눈 깜짝할 새에 계곡 전체로 가지를 뻗어 뒤덮어 나갔다. 그 모습은 숲이라기보다는 거미집에 가까워 보였다.

계곡에 흐르는 해역은 눈에 띄게 수위가 낮아지고 침식되었다.

놀랍게도 이 거목은 바닷물이든 뭐든 간에 빨아들이는 성질이 있는 듯하다. 내염성 식물은 이 시대에 그리 드물지도 않았지만 그렇다 쳐도 상식의 범주를 넘어섰다.

잎가지가 맞은편 언덕에 위치한 거점으로 들이닥치자 움직이는 시체들이 총기로 응전을 개시했다. 하지만 일제사격으로 물리쳐도 순식간에 재생해서 눈 깜짝할 사이 시체들을 집어삼켜 전멸시키고 말았다.

주변에 위치한 거구종들도 응전했지만 전혀 상대가 되지 않았다.

끝내는 나뭇가지 끝에 입자를 응고시킨 칼날을 부여해서 완강한 거구종의 비늘을 뚫고 자신의 양분으로 흡수하기 시작했다.

'순식간에 계곡에 있는 생물들을 먹어 치웠어…?!! 생태계를 통째로 파괴할 생각인가!!'

거미집이라고 비유하기는 했지만 사실 그렇게 온순한 물건이 아니었다.

인간이 바다에서 물고기를 잡을 때 그물을 쳐서 한꺼번에 수천 마리에 이르는 물고기를 잡는 것에 가까웠다.

심지어 무시무시하게도, 일련의 포식은 나무뿌리 중 일부가 행하고 있는 것에 불과했다. 동굴 건너편에는 원대한 나무뿌리가 한없이 깜깜한 어둠 속에 펼쳐져 있다.

그 거목의 뿌리는 또 얼마나 거대할지 상상조차 되지 않았다.

대충 커다란 사냥감을 모조리 처리한 뿌리의 그물은 이제 카즈마 일행을 붙잡기 위해 탐욕스럽게 사방팔방에서 잎가지를 뻗어 왔다.

두 명의 여성을 짊어진 채 달려 나간 카즈마는 상황이 불리하다는 사실을 깨닫고 초조해졌다.

'이런! 나 혼자서는 완벽하게 보호할 수가 없어!'

정면에서 닥쳐드는 잎가지는 가볍게 베어 떨쳐 낼 수 있지만 사방팔방에서 덤벼드니 아무리 열심히 보호해도 끝이 없었다.

포위망을 뚫고 탈출하는 수밖에 없지만 카즈마가 온 힘을 다

해 달리면 두 사람의 몸이 버텨 내지 못할 것이다.

계곡 구석구석까지 퍼진 잎가지는 사냥감을 향해 끊임없이 마수를 뻗고 있다.

…이대로 가면 도망치지 못한다.

카즈마가 결전을 치를 각오를 다져야 하나 고민하던 참에, 다족형 전차의 포격이 거대한 나무뿌리를 가격했다.

[시노노메 대장님! 무사하세요?!]

[제대로 함정에 빠졌군!! 얼른 언덕 위까지 뛰어!!!]

사이조 히나와 사가라 토우마의 통신을 들은 카즈마는 벽과 벽을 오가며 도약하여 바위산을 뛰어올랐다. 제15부대와 쌍둥이 자매가 조종하는 다족형 전차, 그리고 세이시로까지 여섯 명이 카즈마와 합류하고서 안도의 한숨을 내쉬었다.

[괜찮아, 브라더?!]

[괜찮아 보이네, 브라더!]

"그래. 큐슈 총련의 생존자를 확보했어. 전차 안에 보호해 줘."

[[라저!]]

두 사람이 해치를 벌컥 열고 뛰쳐나왔다.

하지만 안아 올리려던 두 사람의 손을, 또 한 명의 여성이 거절했다.

"…윽. 여기는…? 아니, 당신들은?"

여성은 안경을 고쳐 쓰며 카즈마 일행을 바라보았다.

카즈마는 간결하게 신분을 밝혔다.

"우리는 극동 도시국가연합 소속의 개척부대야. 당신들을 구조하러 왔지."

"……! 극동의 원정군…?! 그럼, 와다 타츠지로도 온 거야?!"

정신이 들었는지 안경을 쓴 여성은 카즈마의 팔을 붙잡고 말을 쏟아 냈다.

하지만 카즈마는 미안하다는 듯 고개를 가로저었다.

"미안하군. 타츠지로 씨는 안 왔어. 이곳에 온 건 개척부대와 원정군의 혼성부대, 그리고 중화대륙연방의 대사뿐이야."

여성은 눈에 띌 정도로 크게 낙담했다.

적복의 필두이자 과거에는 인류최강전력이라고까지 불렸던 와다 타츠지로는 지금도 야마토 민족 전체의 기대를 짊어지고 있다.

큐슈가 궁지에 빠졌음에도 그가 달려오지 않았다는 사실을 알고 낙담하지 않을 수가 없었던 것이리라.

"기대하게 해서 미안하군. 어쨌든 지금은 절벽 아래에서 거구종이 다가오고 있어. 일단 피신을…."

[녀석이 알아챘다!! 올라타, 시노노메 대장!!]

숨 돌릴 새도 없이 나무뿌리가 닥쳐들었다. 미요는 쌍둥이의 전차에 실렸고, 안경을 쓴 여성은 카즈마가 짊어진 채 다족형 전차의 사다리를 붙잡게 했다.

달리기 시작한 여섯 기의 다족형 전차는 나무들을 가변형 도검으로 베며 빠른 속도로 달아났다. 아무래도 나무뿌리 괴물은 카즈마 일행을 쫓는 걸 포기한 듯했다.

하지만 후방에서의 추격이 멈추자마자 이번에는 땅속에서 나무뿌리가 튀어나왔다.

[젠장, 포위당했다!!]

[대장님, 지시를!! 만약 부대가 도망치기 위한 후미가 필요하다면 제가….]

"아니, 안 돼! 이 일대에는 '오오야마츠미'가 뿌리를 내리고 있어! 진정제를 놓아서 진정시키는 수밖에 없어!!"

안경을 쓴 여성이 머리카락을 붙잡은 채 외쳤다. 하지만 오오야마츠미라는 이름을 들은 순간, 모두가 귀를 의심했다.

"오오야미츠미라면… 그 바닷물을 담수로 바꾸는 거목을 말하는 건가?"

[하지만 야마츠미(山積) 님의 나무는 사방에 자라 있지 않아?!]

[어떤 게 덤비고 있는 건지 모르겠는걸!]

"그 인식 자체가 잘못됐어! 오오야마츠미는 **처음부터 모두 이어져 있어!** 당신들이 일본 제도에서 봤던 오오야마츠미 나무는 한 그루의 거대한 나무라고!!"

카즈마를 비롯한 일동이 말을 잃었다.

바닷물을 담수로 바꿀 정도의 내염성을 지녀서 존재 그 자체가 기적이라고 일컬어지는 이 거목의 정식 명칭은 '오오야마츠미노카미(大山祇命)'이다.

거구종이나 환수종이 살아가는 데 있어 담수는 무엇보다도 귀중한 자원이다.

산들이 바다로 둘러싸인 현재, '오오야마츠미노카미'처럼 바닷물을 담수로 바꿔 주는 종은 무엇보다도 귀한 생명 중 하나라 할 수 있었다.

모든 생명과 공존공영을 실현하고 있는 그 모습에 경의를 표하는 의미에서 야마토 민족도 천유종(A.diva)으로 분류해 존경의 뜻을 담아 '오오야마츠미노카미'라는 신의 이름을 붙여 받들어 왔다. 그 모습은 일본 제도 각지에서 확인되었으며 홋카이도의 사화산 지대에서도 생명의 나무로 귀중히 여기고 있다.

…그렇듯 광대한 분포도를 자랑하는 '오오야마츠미노카미'가.

단 한 그루의 거대한 거목이었을 줄 상상조차 할 수 없었다.

[진짜로…?! 그 말이 사실이라면 바다로 도망쳐 봐야 바닷속에서 공격해 올 가능성이 더 높다는 소리잖아!]

"그런 뜻이야."

[전함이 표적이 되면 절대로 못 도망칠 거야!]

[여기서 어떻게든 해야 해!]

가변형 도검으로 덤벼드는 나무들을 베어 낸다.

하지만 아무리 베어도 애초에 총질량 자체가 너무도 달랐다.

재생한다기보다는 다른 줄기에서 밀려 올라 다가오고 있다는 표현이 정확할지도 모르겠다.

카즈마는 안경을 낀 여성이 붙잡고 있는 다족형 전차로 옮겨 타, 잎가지를 베며 물었다.

"아까 진정제를 놓아야 한다고 말했었지. 그 진정제는 가지고 있나?"

"…수중에는 없어. 하지만 재료라면 있어. 나와 미요라면 이 자리에서 만들 수 있어."

"충분해. 시간은 얼마나 걸리지?"

"조합만 하면 되니 5분이면 가능해. 한곳에 멈춘 채 완벽하게 안전한 상황에서 한다는 절대조건에서라면 말이야."

안경을 낀 여성의 무리한 요구에 토우마와 히나는 조종간을 후려칠 뻔했다.

[뭐?! 다시 말해서, 멈춰서 너희를 지키라는 거냐?!]

[그건 무리예요!! 야마츠미 님의 나무는 사방에 있다고요?!]

"…그래. 하지만 어떻게든 안 될까?"

"알겠어. 어떻게든 해 보지."

[우와, 방금 그 말을 듣고도 냉큼 일을 떠맡아 버리네, 이 대장님!!!!]

히나는 반쯤 울상이 되어 자포자기한 투로 외쳤고, 토우마는 오늘 일진은 최악이라고 중얼거렸다.

하지만 달리 방법이 없다는 것도 사실이다.

방침이 정해졌으니 여기서 반드시 막아 내겠다며 일동은 투지를 불태웠다.

"전원 60초 후에 요격태세로 이행. 카운트다운은 토도 씨가 해 줘."

[알겠다. 공격 밀도가 높은 정면은 대장에게 맡기고, 그 좌우를 나와 세이시로가 맡아서 서포트하면 어떨까?]

"그래, 그렇게 가지. 히비키는 아자카미를 내려놓고 두 사람을 도와줘. 돌파당하면 즉시 두 사람을 데리고 이탈하고."

[라저!]

빡빡한 조건이기는 했지만 달리 방법이 없다. 카운트다운과 동시에 요격태세로 이행한 제15부대는 원형진을 구축하여 안경을 낀 여성과 아자카미 미요를 에워쌌다.

수해의 곳곳에 뿌리를 내리고 있는 오오야마츠미노카미는 시간이 흐르면 흐를수록 흩어진 뿌리를 긁어모아 카즈마 일행을 몰아세울 것이다.

돌파당하면 더는 걷잡을 수가 없으리라.

가장 밀도가 높은 장소를 카즈마가 지키기로 하고 결사의 방어전을 개시했다.

안경을 낀 여성과 미요는 약협과 포화가 뒤섞이는 가운데 합류했고, 미요의 소매를 걷어 올렸다.

"…미안해. 지금은 이 방법밖에 없어."

"상관없어요. 늘 있던 일이니까요."

미요가 억양 없는 목소리로 배려 섞인 말을 흘려 넘겼다. 안경 낀 여성은 미안하다는 얼굴로 주사기를 꺼내 미요의 하얀 팔에서 혈액을 채취했다.

곁눈질로 보고 있던 카즈마는 약간 놀란 표정을 지었다. 진정제에 미요의 혈액이 필요하리라고는 생각지 못했기 때문이다.

그렇게 반복하기를 세 번. 아무리 봐도 상당한 양의 피를 채취했다.

미요는 빈혈로 어지러워졌는지 그 자리에 무릎을 꿇었고, 위로라도 해 주듯 극채색의 새가 그녀의 어깨에 앉았다.

[괘, 괜찮아?!]

"…걱정하실 것 없어요. 그보다 어서 조합을."

"금방 끝나. 히비키 씨, 미요를 안에 태워 줘."

히비키가 오케이! 하고 뛰쳐나와 미요를 부축했다.

안경 낀 여성은 총탄에 조합한 진정제를 흘려 넣고 정면에서 싸우고 있는 카즈마를 향해 달려갔다.

"완성했어! 줄기 안에서 녹는 진정탄이야!"

"좋아! 어디에 쏘면 되지?!"

"잎가지는 안 돼! 수분을 흡수하는 뿌리에 가까운 부분에 쏘면 금방 효과가 나타날 거야! 관통력이 거의 없으니까 제로 거리에서 쏠 필요가 있어!"

[그런 말은 미리미리 하라고!!!!]

토우마가 목소리를 높였다. 무리도 아니다. 다시 말해서 좀 전에 있던 계곡까지 돌아갈 필요가 있다는 뜻이기 때문이다.

카즈마는 자신과 총과 총탄의 규격이 맞는지를 확인하고 계곡이 있는 방향을 노려보았다.

"아니, 충분해. 15부대는 드레이크Ⅱ, Ⅲ의 반대방향으로 적을 끌어들이며 대기해."

[시, 시노노메 대장은요?!]

"나는 진정탄을 쏘고 오지. …뒷일을 부탁한다."

순간, 카즈마의 온몸에서 눈부신 빛이 흘러나왔다.

한정해제에 의한 빛의 격류가 수해를 가득 메웠다. 그와 거의 동시에, 정면에 위치한 가장 거대한 줄기가 주먹에 의해 분쇄되었다. 순간적으로 재생되는 이상, 칼에 의한 절단보다 주먹에 의한 분쇄 쪽이 수복에 더 많은 시간이 걸릴 것이라고 판단한 것이리라.

그 빈틈을 찔러 카즈마는 수해를 질주하여 계곡에 도달했다.

거대한 뿌리를 발견한 카즈마는 우거지게 자라난 잎가지의 그물과 가시를 가르며 달려들었다. 하지만 일직선으로 달려든 것은 다소 경솔한 판단이었다.

거목은 바닷물을 순식간에 수증기로 바꾸어 카즈마의 시야를 가로막고는 수증기 응결을 통해 카즈마를 물의 감옥에 가두었다.

예상치 못했던 반격에 부딪힌 카즈마는 기세가 꺾여 줄기 위에 낙하했다.

하지만 그 정도로 멈출 카즈마가 아니었다.

아래에 자리한 줄기를 분쇄할 정도로 강하게 박차고 다시 도약한 카즈마는 단칼에 대기를 가르고 수증기를 무산시켰다.

이제 카즈마를 가로막을 것은 아무것도 없다.

카즈마는 총구를 줄기에 들이댄 후, 결정적인 한 발을 거대한 뿌리에 박아 넣었다.

*

그 후 카즈마는 제15부대와 합류해서 아자카미 미요와 안경 낀 여성이 무사한 것을 확인했다.

그리고 생존자를 확인한 것을 보고하기 위해 토도와 사이조 두 사람은 전함으로 귀환했다.

나머지 일행들은 주변의 안전을 확인하고 있다.

겨우 카즈마가 한숨을 돌리던 즈음.

아자카미 미요는 타다닥, 종종걸음으로 안경 낀 여성에게 달려갔다.

"그나저나 박사가 무사해서 다행이에요. 다친 곳은 없나요?"

"응. 쿠와하라(桑原) 함장에게 뒤통수를 얻어맞았을 때는 놀랐지만, 나는 괜찮아. 그보다 미요는? 다친 곳은 없어? 몸 상태는? 피를 많이 뽑았는데 괜찮아?"

"문제없습니다. 박사가 무사해서 다행이에요."

"그건 내가 할 말이야. 그리고 거기 너. 좀 전에는 고마웠어. 적복을 입고 있다는 건 특권 장관이라는 뜻이지?"

"그래. 시노노메 카즈마다. 그쪽은 박사라 불리던데, 입자체 연구에 종사하는 박사라는 뜻인가?"

"일단은 그런 걸로 되어 있지만, 본업은 B.D.A와 E.R.A병기 개발이야. 평소에는 축산업 문명복고에 힘을 쏟고 있고."

안경을 벗고 얼굴을 닦는 여성. 그 순간, 카즈마는 약간 놀랐다.

나이는 20세 전후. 긴 머리카락을 부채꼴 모양으로 나부끼며 스커트에 묻은 먼지를 터는 몸짓에 자신도 모르게 시선을 빼앗겼다. 미녀라 해도 과언이 아닌 매력적인 모습에 놀라기도 했지만, 카즈마를 크게 놀란 이유는 따로 있었다.

"…안경을 벗으니, 둘이 많이 닮았군. 자매인가?"

"응? …아, 아니, 자주 듣는 소리이긴 해. 하지만 피가 이어져 있지는 않아."

"네. 저는 고아라 혈육은 없다고 들었습니다. 박사와 저는 생판 남이에요."

똑 부러지는 투로 단언하는 미요.

박사의 눈이 아주 잠시 침울한 빛을 띠었지만, 곧 안경을 고쳐 쓰고 미소를 지었다.

"어쨌든 구해 줘서 고마워. 전함으로 돌아가는 것도 괜찮지만, 우선 통신방해를 일으키고 있는 기재를 파괴해 줬으면 해. 맞은편 언덕의 방어거점에 있는데, 부탁 좀 해도 될까?"

"그래. 바로 처리하고 오지."

카즈마가 도검을 칼집에서 뽑았다. 계곡에는 아직 오오야마츠미노카미의 뿌리가 남아 있을 것이다.

선뜻 소탕전을 받아들이자 박사는 놀랐지만, 적복이라면 문제없을 거라고 생각을 고쳤다. 그리고 안심한 듯 한숨을 내쉬었다.

"고마워. 내 이름은 아마쿠니(天國). 사람들은 아마쿠니 박사라고 부르고 있어. 앞으로 잘 부탁해."

"이쪽이 할 말이야. 두 사람에게는 큐슈의 사정을 비롯해 많은 것들을 물어보고…."

우뚝, 카즈마의 움직임이 멈췄다.

계속해서 쉴 새 없이 여러 가지 사건이 일어났기 때문에 카즈마의 처리능력은 거의 한계에 도달해 있었다. 그렇기에 그녀의 이름을 듣고 느낀 기시감의 정체를 알아내는 것이 몇 초 늦어지고 말았다.

'큐슈의 관제실을 맡고 있는 자매기 — 일본의 정규 관리 AI '아마쿠니'에게….'

그렇다. 아우르겔미르는 카즈마에게 그런 말을 남겼다.

일본의 정규 관리 AI '아마쿠니'에게 데이터를 전해 달라고.

하지만 눈앞에 있는 여성은 아무리 봐도 인간 같았다. 몸의 움직임이며 부드러운 표정도 입체영상뿐이었던 아우르겔미르와는 전혀 다르다.

하지만 아마쿠니라는 이름을 쓰는 자가 전혀 상관이 없을 것 같지는 않았다.

확인할 필요가 있다고 느낀 카즈마는 딱딱한 동작으로 고개를 돌려 그녀의 이름을 다시 물었다.

"으음… 미안하군. 다시 한번 이름을 물어도 될까?"

"그럼, 물론이지."

긴 머리카락을 부채꼴 모양으로 나부끼며 미소 지었다.

그녀는 가슴에 손을 얹은 채 카즈마와 마주 보더니 다시 한번 자신의 이름을 말했다.

"나는 B.D.A병기 및 E.R.A병기의 개발을 전임했던, 일본 정규 상급 자기진화형 **유기** AI 'Amakuni'. 지금은 이 인형유기소

158

체(人型有機素體)—머테리얼 보디를 사용해 일본 재건에 공헌하고 있어. 다른 사람들은 아마쿠니 박사라고 부르고 있으니까, 부디 그렇게 불러 줘."

6 장

CHAPTER
6

그날 밤 드레이크Ⅲ의 지휘를 맡게 된 카즈마는 큐슈 총련의 셀터 도시가 있다는 장소로 향하고 있었다. 카즈마 일행은 단립(團粒) 구조 셀터는 파괴되었다고 들었지만 그들이 확보한 두 사람의 말에 의하면 다소 사정이 다른 모양이었다.

본래는 기항할 예정이었던 폐허를 지나 계속해서 남하했다.

도시유적―루인즈 시티의 해역에서는 형형색색의 물고기들이 우아하게 헤엄쳐 다니며 일찍이 수많은 사람들이 찾았던 번화가를 다른 모습으로 장식하고 있었다.

양판점의 화려한 간판은 바닷바람을 맞아 빛이 바랬고, 가게의 마스코트였던 것으로 보이는 눈이 커다란 오리 같은 캐릭터는 번화가를 장식한 쇼윈도와 함께 물속에서 물고기들의 보금자리가 되었다.

하늘 높이 솟아나 있는 건물들도 골조와 간신히 콘크리트 벽만 남았고 내부에서는 건물 틈새로 들이친 빛을 받은 나무들이 쑥쑥 자라나고 있었다.

자라난 나무뿌리는 벽을 뚫고 외벽을 타고 땅으로 뻗어 있다. 그 모습은 나무가 건물을 두르고 있는 것 같기도, 기생물이 숙주의 몸을 빼앗은 듯 보이기도 했다.

인간이 수십 년에 걸쳐 쌓아 올린 것을 지구는 수백 년에 걸쳐 집어삼켜 흙으로 돌려놓으려 하고 있다.

그 행위를 집착이라 할지 치유라 할지. 그것은 관점을 어디에 두느냐에 따라 달라지겠지만 적어도 그것은 넋이 나갈 정도로 아름다웠고, 눈부신 녹음과 쇠퇴한 인공물이 시간 속에서 뒤엉켜 마치 하나의 생명으로 승화되는 과정을 보는 듯했다.

시노노메 카즈마는 그런 정경을 배의 창문에서 바라보았다.

옆에 앉은 아마쿠니 박사는 따뜻한 커피를 마시며 지도를 가리켰다.

"원래 화산지대가 많았던 큐슈 지방에는 두 개의 셸터 도시가 만들어질 예정이었어. 하나는 사쿠라지마 관측소. 현재 큐슈 총련의 중심 도시가 된 장소야."

그녀는 남큐슈 끄트머리이자 과거에는 카고시마 현이 있었던 장소를 가리키고 있었다. 활화산인 사쿠라지마는 당시부터 주목도가 높았고, 분화를 미연에 저지하기 위한 기술 연구에도 적극적으로 참여했다.

연구 성과를 그대로 셸터 개발에 살렸던 덕분에 사쿠라지마 관측소의 셸터 도시는 급속도로 진화했다.

윤택한 개발 자본을 확보하기도 해서 당시 130만 명 전후였던 카고시마 현의 인구는 3년 만에 250만 명까지 부풀어 올랐다.

셸터 내의 생존영역을 충분히 확보해 두었기에 300년 전의 축산문화가 거의 그대로 남아 있다는 특색도 있었다.

이것이 일반적으로 알려진 사쿠라지마 관측소의 정보다.

"카고시마 현은 세계적인 화산활동의 연구개발도시가 되어 가고 있었지만, 그 이면에서 비밀리에 개발 중이던 도시개발 모델이 존재했어."

"그것이 우리가 향하고 있는 장소인 키리시마 연봉(連峯)의 연구 플랜트인 건가."

카즈마도 지도를 두드리며 커피를 홀짝였다.

큐슈에 있는 커다란 활화산은 하나만이 아니다.

세계에서 손꼽히는 칼데라 지역을 자랑하는 아소산(阿蘇山)과 사쿠라지마에 이어 키리시마 화산군이라 불리는 광대한 화산지대가 존재한다.

"원래부터 커다란 산이 많았던 덕분에 해몰을 피할 수 있었던 키리시마 연봉. 당시 연구자들도 별의 심층내해가 흘러넘친다 해도 이곳까지 해몰될 일은 없다는 걸 알았지. 일본의 정규 관리 AI인 내가 큐슈에 배치된 데에는 그런 이유도 있어."

"…그런가. 그럼 박사는 정말로 관리 AI인 것이로군."

"그래. 이 인터페이스로 기동한 지도 곧 12년이야. 각성시 육체 연령을 10대 초반으로 설정해서 지금의 육체 연령은 스물네 살이고. 내 입으로 말하기는 좀 그렇지만, 잘 만들어졌지?"

인간이라고밖에 보이지 않는 미소를 띤 채 답하는 아마쿠니 박사. 아우르겔미르 같은 덧없는 미소가 아니다. 그녀의 미소에는 생명이 지닌 강한 힘이 깃들어 있다.

커피를 단숨에 비운 그녀는 뜨거운 한숨을 내쉬며 한껏 기지

개를 켰다.

"하아… 이제 좀 살겠네. 역시 파괴될 위기를 넘긴 후에 마시는 커피는 최고라니까."

"파괴라니, 역시 그 몸은 안드로이드나 뭐 그런 건가?"

"설마. 이 몸은 인간의 생활 속에 녹아들기 위해 만든, 인간과 같은 구조, 구성물질로 된 인터페이스야. 다른 점이 있다면 척추 부분의 내장형 입자가속기와 이 신체 전용 B.D.A가 필요하다는 것 정도지."

사르륵 부드럽게 흘러내리는 검은 머리와 함께 고개를 갸웃한 채 카즈마의 얼굴을 들여다보는 그녀는, 어쩐지 그립다는 눈빛을 하고 있었다.

"영상기록밖에 없어서 확신은 못 했는데…. 너, 이자요이 박사님의 아들 맞지?"

"윽?!"

"아아, 역시 그랬구나! 딱 한 번 사진을 보여 주신 적이 있는 것뿐이라 불안했는데, 이렇게 만나 보니 유전자적인 특징이 이래저래 남아 있는 것 같아!"

아마쿠니 박사는 카즈마의 머리를 두 손으로 붙잡고서 흥미롭다는 듯 이리저리 돌려 보았다. 당사자는 놀라움과 당혹감으로 머리가 꽉 찼다. 관리 AI가 인간의 조형을 흉내 냈다는 것까지는 이해할 수 있다.

어머니와 아는 사이라는 것도… 뭐, 있을 수 있는 일이다.

하지만 인간과 완전히 같은 구조의 육체를 손에 넣는다는 결론에 도달한 논리적인 이유가 보이지 않았다.

아마쿠니 박사의 손을 뿌리친 카즈마는 의아함이 담긴 눈으로 그녀를 노려보았다.

"잠깐. 어머니를 만난 적이 있는 건 둘째 치고, 어째서 관리 AI가 육체를 가지고 있지? 다른 관리 AI는 전뇌밖에 없었는데."

"다른 관리 AI? …혹시 아우르 언니를 만난 거야?"

숨겨 봐야 소용없다. 카즈마는 조용히 고개를 끄덕이고서 반응을 살폈다.

아마쿠니 박사는 순간 복잡한 표정을 지었다.

"그건… 이상하네. 아우르 언니에게 비상시 발령되는 코드네임은 '지혜의 샘─아우르겔미르'. 퇴폐의 시대가 찾아왔을 때, 인류 문명을 부흥시키기 위해 인간형 인터페이스를 준비하자고 제안한 건 다름 아닌 언니였는데?"

"아우르겔미르가?"

"그래. 언니는 잘 지내고 있었어? 118년 전에 연락이 끊겨서 계속 궁금했거든. 언니는 왜, 딱 부러지는 것 같으면서도 맹한 면이 있어서 진짜 엄청 걱정했었어."

그녀는 가슴에 손을 얹은 채 난감하게 됐다는 듯 고개를 가로 저었다. 그 몸짓에서는 거짓이 느껴지지 않았다. 아무래도 진심으로 걱정하고 있는 모양이다.

하지만 그 감정이 본심에서 비롯된 것인 만큼, 그녀의 최후를 전하려니 마음이 무거웠다.

자매기라는 말은 들었지만 설마 서로를 애칭으로 부를 정도로 친밀한 관계일 줄은 전혀 예상하지 못했다. 그녀는 AI임에도 가족애라는 개념을 취득한 모양이다.

"뭐, 인간의 육체가 필요해진 이유는 그 밖에도 있어. 우리 관리 AI는 정보를 출력하는 데 제약이 너무 많아서 정말로 중요한 정보는 권한이 있는 인간에게만 말할 수 있었어. 그 족쇄를 풀려면 지금까지와는 다른 개념의 외부출력장치―인터페이스가 필요했거든."

"잠겨 있는 정보를 만인과 공유하기 위해 인간형 인터페이스를 구축했다는 뜻인가. …비상사태가 아니었다면 약간 공포스럽게 느껴졌겠군."

"자각은 있어. 인간형이 된 우리는 자신의 자유의지를 중시할 수가 있어. AI의 굴레를 벗어나는 방법으로 인간의 몸을 얻는다는 행위는 매우 난이도가 높은 동시에 몹시 두려운 수단 중 하나였어."

관리 AI는 다른 그 무엇보다 인명을 존중하도록 연산중추가 구성되어 있다. 하지만 관리 AI 그 자체가 인간의 육체를 얻게 되면, 그것은 관리 AI와 같은 권한을 행사할 수 있는 강대한 힘을 지닌 인간이 나타난 것과 다를 바가 없다.

"하지만 뭐, 안심하도록 해. 우리 자매들은 다들 인간을 엄청 좋아하거든. 우리가 인간의 적이 될 만한 상황을 66조 2000억 개 구축해 본 결과, 해당 건수는 놀랍게도 0건이었어! 그야, 관리 AI가 인간을 적대할 수 있도록 우리의 조물주가 날림 디자인을 할 리가 없지만 말이야!"

자랑스럽게 가슴을 폈다. 그 몸짓, 그 표정은 완전히 인간 그 자체였다.

정신을 인간의 육체에 안착시켜 의존하고 있는 이상, 어느 정도 인간을 닮는 것은 어쩔 수 없는 일일 듯했지만… 그렇다 해도 한도가 있지 않은가.

아우르겔미르만큼의 기계적인 반응을 기대한 것은 아니지만, 좀 더 AI다운 면을 남겨 주지 않으면 이쪽도 대응하기가 난감하다.

이래서는 정말로 그녀가 관리 AI인지 어떤지 구분이 안 될 지경이다.

'…어쩔 수 없지. 그 특수단자 데이터에 관해서는 좀 더 상황을 지켜본 후에 묻도록 해야겠어.'

신중하게 움직여서 손해 볼 것은 없다. 카즈마는 누가 적이고 누가 아군인지 아직 구분해 내지 못한 데다, 무엇보다도 매우 **신경 쓰이는 것이 있었다.** 그것을 확실하게 확인할 때까지는 특수단자에 들어 있는 데이터에 관해 이야기할 수 없는 일이다.

카즈마는 목덜미를 긁적이며 원정군에 관한 이야기로 화제를 돌렸다.

"그보다 지금은 큐슈 총련의 셸터가 문제야. 아직 아무것도 안 보이는데, 정말로 이 근처인가?"

"조금만 더 가면 돼. 계곡으로 흘러든 해류를 타고 남쪽으로. 이 근처는 배가 드나들 수 있도록 수해의 나무를 베어 개척해 두었으니 함장님이 해로를 찾기만 하면 금방 알아챌 거야. …아, 하지만 우리가 갑판으로 나가서 보는 편이 확실하려나. 잠깐 내선 좀 빌릴게."

아마쿠니 박사는 자리에서 일어나 내선 수화기로 통신을 시도했다.

어디로 연락을 한 건가 싶어 의아해하던 참에 상대가 통신에 응했다.

"아아, 미요? 몸은 괜찮아? …그래, 다행이야. 기분전환 삼아 밖에 나가 보지 않을래?"

'…아자카미 미요인가.'

카즈마가 보호한 또 한 명의 소녀. 아직 어리지만 왕관종에게 사로잡혀 있었으니 분명 무서운 일을 많이 겪었을 것이다.

갑판으로 나가 바닷바람을 쐬자는 것은 좋은 생각이다.

"좋아! 그 애도 갑판으로 나올 테니 위에서 합류하자."

시간을 확인해 보니 곧 도착할 시각이다.

산골짜기에라도 있는 것인가, 하는 생각이 들어 의아했지만 현지에 도착하면 뭐든 알 수 있으리라.

두 사람은 갑판 위로 걸음을 옮기기로 했다.

*

계곡의 해로는 바닷바람이 강하다. 위쪽에서 불어 내려오는 바람이 갑판 위를 쓸고 지나가기 때문이리라. 두 사람이 나풀대는 머리카락을 붙잡은 채 밖으로 나가자, 쌍둥이 자매의 높은 목소리가 들려왔다.

"여어, 브라더! 아직 아무것도 안 보여!"

"하이, 브라더! 큐슈 총련의 고기는 엄청 맛있다고 해서 무진장 기대돼!"

"그래? 그거 나도 기대되네."

긴 머리카락을 나부끼며 폴짝폴짝 뛰는 쌍둥이 자매.

아마쿠니 박사를 발견한 두 사람은 경례하며 인사했다.

"만나서 반갑습니다! 개척부대의 히츠가야 히비키와 후부키입니다!"

"만나서 반갑습니다! 큐슈 사람들하고는 교류가 없었는데 만나게 되어 영광입니다!"

"그건 나도 마찬가지야. 나는 아마쿠니 박사라고 불러 줘. … 너흰 몇 살이니?"

""팔팔한 열두 살이요!""

브이! 두 사람은 포즈를 취하며 자랑스러운 얼굴로 말했다.

아마쿠니 박사는 턱에 손을 가져다 대고서 잠시 생각을 하다가….

"흠… 미요랑 동갑이네…."

"오래 기다리셨어요, 박사."

달그락. 아자카미 미요가 게타* 소리를 내며 갑판에 나왔다.

고풍스러운 기모노를 입고 있어서 그런지 달그락달그락 소리가 상당히 화사하고 운치 있게 들렸다.

카즈마와 쌍둥이 자매를 발견한 미요는 조신한 몸동작으로 고개 숙여 인사했다.

"다시 인사드리겠어요, 카즈마 씨. 저는 아자카미 미요라고 합니다. 좀 전에는 위험에서 구해 주셔서 감사했습니다."

"이쪽이야말로 잘 부탁해. 조금 더 있으면 셸터에 도착해. 그렇게 되면 다른 사람들에게 돌아갈 수 있을 거야."

"……. 그런가요. 거기 계신 두 분의 이름을 물어도 괜찮을까요?"

※게타 : 일본의 전통 나막신.

"네! 언니인 히비키입니다!"

"동생인 후부키입니다! 우와, 진짜 기모노다! 만져 봐도 돼?!"

두 사람이 눈을 반짝이며 미요의 기모노를 붙잡았다. 아무래도 염색을 한 기모노는 이 시대에 보기 드문 물건인 모양이다.

하지만 쌍둥이의 손이 미요에게 닿으려던 그 순간, 미요는 화들짝 놀라 손을 뒤로 뺐다.

"소, 손대면 안 돼요. 더러우니까요."

"어?"

"어라? 하나도 안 더러워 보이는데?"

이상하다는 듯 쌍둥이가 고개를 갸웃하자 미요는 더더욱 거북한 듯 시선을 피했다.

약간 먼지가 묻기는 했지만 곱게 물들여서 낸 빛깔은 퇴색되지 않았다.

비취색 옷감은 그녀의 청순하고 덧없는 분위기를 북돋워 주고 있고, 노란 국화꽃을 곁들인 붉은 숄은 실로 인상적이었다.

"숄 예쁘다~ 특히 국화꽃이 엄청 예뻐!"

"아, 네. 이건 저를 키워 준 박사와 아주머님이 주신 건데… 원래는 큐슈 총련이 기다리고 있는 귀한 분을 위해 만들어졌다고 하지만, 그분이 언제 돌아올지도 모르는데 선반에서 썩히기는 아깝다면서…."

"헤에…! 그럼 정말로 굉장한 염색물이구나!"

쌍둥이 자매는 잔뜩 신이 나서 미요를 주물럭거렸다.

갑자기 소란스러워진 히비키와 후부키의 머리를 붙잡아 미요에게서 떨어뜨려 놓았다.

"소란스럽게 해서 미안해. 이 둘은 언제나 이런 식이야."

"괘, 괜찮습니다. 같은 또래의 아이와 이런 식으로 대화를 나눠 본 적이 없어서 조금 놀란 것뿐이니까요."

"어라라? 미요치 친구 없어?"

"어레레? 이렇게 귀여운데 외톨이라니 이해가 안 되는데! 우리 시스터즈라면 억지로라도 친하게 지냈을 텐데."

"그만둬. 명백하게 당황했잖아."

슈팍! 카즈마가 손날을 머리에 내리쳤다.

'폭력 반대'라고 소리치는 두 사람을 간신히 옆으로 쫓아냈다. 쌍둥이가 떠들게 내버려 뒀다가는 계속 이야기를 진행하지 못할 것 같았기 때문이다.

하지만 그런 카즈마의 뒤통수를, 이번에는 아마쿠니 박사가 손날로 내리쳤다.

"에잇!"

"으윽?"

"잠깐, 잠깐, 억지로 쫓아낼 필요는 없잖아. 셋이서 사이좋게 놀게 해 주면 될 걸 갖고. 미요도 같이 놀고 싶지?"

"…에?"

네?? 아자카미 미요가 얼빠진 목소리로 말했다. 설마 믿었던 박사에게 발등을 찍힐 줄은 몰랐던 것이리라.

카즈마와 미요가 놀라고 있는 동안, 쌍둥이 자매가 움직였다.

"좋았어, 우리만 믿어!"

"함내를 안내하기 전에 우선 대욕장에서 깨끗하게 씻어 줄게!"

쌍둥이는 곧바로 미요를 납치해서 함내로 사라졌다.

무표정하게 끌려가는 미요의 모습을 보고 있자니 카즈마는 어쩐지 속이 쓰려 왔지만, 쌍둥이도 결코 상식이 없지는 않다.

남을 잘 챙겨 주기도 하고 나이에 비해 교양도 있다. 진정한 의미에서 민폐를 끼치는 일은 없을 것이다.

"기운이 넘치네. 역시 애들은 애들끼리 노는 게 제일이야."

"일방적으로 장난감이 되지나 않았으면 좋겠는데 말이지. … 그래서, 셸터는 언제쯤 되어야 보이지?"

"후후, 금방 보일 거야. 함장님한테 사정을 설명하고 싶은데, 통신기를 빌릴 수 있을까?"

카즈마는 약간 망설였지만 이 상황에서 흉계를 꾸밀 것 같지는 않아서 예비 통신기를 꺼내 아마쿠니 박사에게 건넸다.

아마쿠니 박사는 남쪽 산을 가리키더니 똑바로 전진하라고 지시를 내리기 시작했다.

"네, 그대로 똑바로. …네, 괜찮아요. 얇은 막 상태의 유기유체물질로 뒤덮여 있어서 입구를 찾기가 어려운 것뿐이니까요.

망설이지 말고 돌진해 주세요. …네, 괜찮아요. 정말로 괜찮다니까요. 시노노메 대장도 괜찮다고 했어요?!"

"이봐."

생각이 물렸다. 설마 물 흐르듯 자연스럽게 명의 사칭을 할 줄은 몰랐다. 관리 AI의 도덕성은 그리 높지 않은지도 모른다.

허가를 받아 전속력으로 움직이기 시작한 드레이크Ⅲ는 눈앞에 있는 산으로 돌격했다.

갑판에 있던 카즈마는 놀랄 수밖에 없었지만 이제 와서 멈출 수는 없었다. 직격하면 무사하지는 못할 것이다. 자칫 잘못하면 배가 대파될 수도 있다.

뱃머리가 산에 직격하기 직전 드레이크Ⅲ 전체가 어슴푸레한 어둠에 휩싸였다. 혼란 상태에 빠진 함교에서는 배를 긴급정지시켜야 한다며 난리가 났다.

아무래도 산으로 보인 것은 막 상태의 유기유체물질에 홀로그램을 입힌 허상이었던 모양이다. 갑판으로 나와 있던 선원과 카즈마는 유기유체물질에 닿은 순간, 홀로그램의 존재를 알아챌 수 있었다.

하지만 혼란에 빠진 선내에 추가타를 가하기라도 하듯 기계 구동음이 주변에서 울리기 시작했다.

"윽, 이번엔 뭐지…?!!"

"걱정하지 마. 키리시마 연산(連山)의 **지하** 셸터로 이어진 운반용 엘리베이터가 기동한 것뿐이니까. 몇 분이면 도크에 도착할 거야."

밀려 올라온 대지가 바닷물을 지나 옆으로 미끄러지더니, 지하를 향해 운반을 개시했다. 전함을 통째로 지하로 옮길 정도로 거대한 엘리베이터가 산간에 숨겨져 있다는 이야기는 300년 전에조차 들어 본 적이 없었다.

희미한 형광색 조명만이 전함을 비추는 가운데, 지하로 이동할 때의 기압 변화로 이명 현상이 일어나기 시작했다. 일이 이렇게 되자 선원들은 할 수 있는 것이 아무것도 없었다.

카즈마는 임전태세를 유지한 채로 상황을 살폈다.

운반용 거대 엘리베이터가 착수(着水)하자 선체가 격렬하게 요동쳤다.

그와 동시에 눈부시게 빛나는 태양과도 같은 빛이 카즈마의 눈으로 날아들었다.

"큭…?!"

어둠 속에 갑자기 쏟아진 강한 빛에 못 이겨 카즈마는 한 손으로 얼굴을 가렸다. 조금씩 눈이 적응되기 시작한 카즈마는 천천히 손을 내리고 주변을 확인했다.

상상을 훌쩍 뛰어넘는 광경이 눈으로 날아들었다.

지상에서의 압력을 분산하기 위해 균등한 돔 형태로 깎여 있는 공간은 수평으로 둘러보아도 면적이 수십 제곱킬로미터는 될 듯했다. 그것을 떠받치고 있는 일곱 개의 거대한 지주는 거주구역의 일부로 활용되고 있고, 파릇파릇한 대지에는 이 시대에서 찾아보기 어려워진 가축이 방목되고 있었다.

해자처럼 육지를 감싼 물은 바닷물이 아니라 오오야마츠미노카미의 거대한 뿌리에서 흘러나온 담수인 듯했다. 다시 말해 지표로 나가지 않아도 이 공간 안에서 의식주가 해결되는 환경인 것이다.

무엇보다도 이질적인 존재감을 내뿜고 있는 것은 지하도시를 비추는 빛의 존재이리라.

아스트랄 노바는 열을 내포하지 않은 빛일 텐데, 지하도시를 비추고 있는 이 빛에서는 생명을 비추는 따스함이 느껴졌다.

"후후, 놀랐어?"

"놀랐다기보다는… 굉장하군. 도시유적을 개축한 것이 아니야. 정말로 300년 동안 이곳에 살고 있었던 것 같아."

"맞아. 300년 전 일본 정부는 막대한 자금 원조를 조건으로 셸터 도시를 만드는 것 이외의 과제를 하나 부과했어. 수백 년이라는 기나긴 시간을 셸터 도시에서만 지낼 수 있는 설비를 만들어 내라는 과제를 말이야."

해상도시 셸터의 개발은 오가사와라 제도가.

해중도시 셸터의 개발은 호쿠리쿠 지방이.

지상도시 셸터의 개발은 칸사이 지방이.

지하도시 셸터의 개발은 큐슈 지방이 맡아, 각 지방의 특성과 문화의 보관을 목표로 연구 개발이 진행되어 왔던 것이다.

　"그뿐만이 아니야. 나라가 멸망한 후의 일을 우려한 당시의 문화인들은 셸터 밖에도 부흥의 열쇠를 남겼어. 지식의 집적지 역할을 제3국립 국회도서관에 맡기고, 문명의 인도자로 관리 AI '지혜의 샘─아우르겔미르'를 독일 입자체 연구소에서 옮겨 왔지. 그리고 언젠가 이 큐슈의 타카치호(高千穂)에서 천손강림(天孫降臨)*의 의식이 치러지기를 바랐답니다."

　카즈마는 아마쿠니 박사의 말을 듣고 놀랐다.

　재버워크는 아우르겔미르를 두고 북구 신화를 모티프로 한 지혜의 거인이라고 말했다. 관리 AI '아마쿠니'도 그 이름을 고대 일본에서 따온 것이라면, 그 이름을 통해 역할을 유추해 볼 수 있으리라.

　심지어 그 이름을 지닌 자를 카즈마는 할아버지에게 들은 적이 있었다.

　"아마쿠니… 설마 아마쿠니라는 이름은, 일본도(日本刀)의 개조(開祖)로 알려진 '도장(刀匠) 아마쿠니(天國)'에서 유래한 건가?"

　"어머, 박식하네. 모티프는 그 아마쿠니가 맞아. 그 밖에도 후

※천손강림 : 고사기와 일본서기에 등장하는 이야기로, 천손인 니니기가 아마테라스의 칙령을 받고 아시하라노나카츠쿠니(일본)를 통치하기 위해 강림했다는 일화.

보가 여럿 있었던 모양이지만, 당시 일본의 연구자들은 일본의 장인정신을 상징할 것으로 일본도를 택했지. 그리고 내게 지보(至寶)를 맡기고 언젠가 고국인 일본이 부흥되기를 꿈꿨던 거야. 그게 바로 저 빛의 정체이고."

태양빛에 가까운 광원을 가리키며 말했다.

키리시마 연산의 지하에 펼쳐진 대공동(大空洞)에 널리 빛을 퍼뜨리고 있는 광원의 중심에, 인간보다 커다란, 자루가 긴 무기가 숨어 있었다.

카즈마는 그 정체가 무엇인지를 알아채고는 숨을 죽였다.

광원의 중심에 있는 결정체는 안에 내포한 입자체를 가속기관조차 필요 없는 상태로, 쉼 없이 광속을 웃도는 속도로 순환시키며 명동(鳴動)하고 있었다.

B.D.A와 E.R.A병기에 사용되는 결정체와는 비교조차 되지 않는 강렬한 빛이다.

세계에 네 개밖에 없다고 알려진 초초고농도 결정체.

인류최강전력이라 불리는 자들이 그 힘을 온전히 사용하기 위해 필요한 최종병기.

"야마토 민족 최고의 비보 중 하나.

초초고농도 결정체 '아마노사카호코(天逆鉾)＊'.

인류가 보유한, 최강의 무기 중 하나야."

＊

＊

　지하도시의 육지에 정박한 드레이크Ⅲ는 지하도시의 책임자가 나올 때까지 상륙하지 않고 대기하게 되었다.

　목장의 소와 돼지들은 전함이 착수하는 것을 보고 놀라 당황하며 울타리 건너편까지 도망치고 말았다.

　자칫 잘못하면 상대의 경계심만 자극할 가능성이 크다.

　현지인인 아마쿠니 박사만 먼저 상륙해서 사정을 설명하러 갔다.

　쌍둥이 자매는 한참 미요를 데리고 다니다가 갑판 위로 올라와서는 눈을 반짝이며 지하도시를 내려다보았다.

　"우와!"

　"끝내준다! 극동에서 목축업은 꿈도 못 꿀 줄 알았는데, 큐슈에는 정말로 존재했구나! 미요치는 소고기 먹어 본 적 있어?"

　"네⋯. 하지만, 저는 굳이 말하자면, 생선 쪽이⋯ 그리고, 좀 쉽게 해 주시면 고맙겠네요⋯."

　휘청거리며 난간에 기대는 미요. 쌍둥이의 손에 이끌려 함내를 돌아다니는 바람에 체력이 소모된 것이리라. 그녀가 콜록콜

※아마노사카호코 : 일본서기에서 비롯된 중세 신화에서 등장하는 창으로. 부부신인 이자나기와 이자나미가 최초의 땅을 만들 때 사용했다고 전해진다.

180

록 기침을 하자 쌍둥이는 허둥대며 물을 꺼냈다.

"미, 미안. 혹시 몸 상태가 안 좋았어?"

"괜찮아? 감기라면 옮겨도 돼. 우린 튼튼하거든."

"아뇨, 신경 쓰지 마세요."

"아, 그래? 그럼 신경 안 쓸게!"

주먹을 움켜쥐며 시원시원하게 태세를 전환하는 쌍둥이. 이
제트코스터 같은 성격은 미요와 궁합이 좋지 않다.

미요는 슬그머니 거리를 두려던 참에 쌍둥이가 갑판에서 아래
를 내려다보더니 또다시 눈을 빛내며 말했다.

"아! 뭔가 목장에서 우르르 잔뜩 나왔어!"

"오?! 우리랑 비슷한 애들이 잔뜩 있어! 미요치도 가자!"

"…아뇨, 사양하겠어요. 제가 돌아왔다는 걸 다른 분들이 알면
분명…."

""레츠고~♪""

쌍둥이 자매가 미요의 손을 양쪽에서 움켜쥐고 달려 나갔다.

미요는 뭐라 말하려 했지만 두 사람의 기세에 밀리는 바람에
그녀의 말은 허공으로 흩어지고 말았다.

한편 배에서 내린 카즈마와 토키와(常盤) 함장, 그리고 부대
대장인 타치바나 일행은 이 지하도시를 총괄하는 초로의 남성을
소개받고 있었다.

아마쿠니 박사가 앞으로 나와 초로의 남성 옆에 서서 말했다.

"다시 한번 도우러 와 주셔서 감사합니다. 이쪽은 큐슈 총련을 총괄하고 있는 카이 코요(甲斐江陽)입니다."

"만나서 반갑네, 극동의 동지들이여."

"저희가 할 말입니다. 사쿠라지마 관측소의 셸터가 파괴되었다는 이야기를 들었을 때는 집정회장께서도 간담이 서늘한 눈치였습니다. 무사하셔서 다행입니다."

"하하… 무사하다고 할 정도는 아니지만 말이지. 셸터가 파괴된 것은 사실이고 이 지하도시도 모든 주민을 받아들이기에는 너무 좁아. 하층의 거주구로도 안내하고 있지만, 최대한 수용해도 20만 명이 한계일 테지."

지하도시는 아무래도 개미집처럼 땅을 파서 확장시킨 구획이 보이는 것보다 많은 모양이었다. 하지만 그것을 총동원해도 모두 수용하는 것은 어렵다고 한다.

"이 셸터의 존재를 아는 인간은 원래 한정되어 있었지. 외부의 인간 중에는 아는 이가 없고, 사쿠라지마 관측소의 주민들 중에서도 모르는 자가 대부분이야."

"그럼 원래부터 이 땅에 살고 있는 사람은…?"

"대부분의 경우는 이 지하도시에서 태어나, 이 지하도시에서 생을 마감하네. 생활에는 지장이 없으니 말이지. 축산업 연구와 입자체 연구도 이 땅에서는 충분히 가능해."

카이 총괄이 조용히 내뱉은 말 중, 무언가가 약간 마음에 걸렸다. 이 지하도시는 당시의 기술과 시설이 남아 있는 만큼, 연구 자체도 다른 도시보다 앞서 있을 것이다.

하지만 그 연구를 활용하는 것은 이 도시만으로는 불충분하다.

극동 도시국가연합에서 그 연구를 공유했다면 더욱 광범위하게 활용할 수 있었으리라. 게다가 지하도시의 존재를 사쿠라지마 관측소의 주민과 극동의 삼두회에게 알리지 않았던 것에도 의아함이 남았다.

집정회장에게만이라도 존재를 알렸다면 이쪽도 다른 방면으로 도울 수 있었을 터.

"…카이 총괄님. 대피 상황은 어떻습니까?"

"우리가 할 수 있는 범위 내의 수색은 중단했지. 현재 밖은 위험하니 말이야. 경솔하게 움직인 결과 희생자만 늘어났다는 건 당신들도 잘 알지 않나."

"네, 재버워크가 전함을 탈취했던 것 같더군요. 다음에 교전할 때는 동포들의 시체와 싸울 각오를 해야 할 겁니다."

씁쓸한 얼굴로 보고했다. 지금 생각해도 뒷맛이 쓴 싸움이었다. 시체를 베는 것만 해도 이렇게나 정신력 소모가 큰데, 살아 있는 인간을 상대하면 얼마나 마음이 쓰라릴까.

베어 넘긴 시체도 최대한 신원을 밝혀 주고 싶었지만, 지금은 그럴 때가 아니다.

카즈마가 면목 없다는 듯 싸움의 전말에 관해 설명하려던 참에.

카이 총괄과 그 자리에 모인 주민들이 하나같이 이상하다는 듯 고개를 갸웃했다.

"……음? 재버워크…라니? 무슨 소리인가?"

"네?"

"자자자~! 생존자 한 명 추가요!"

"늦어서 죄송합니다! 붙잡혀 있던 아자카미 미요를 데려왔습니다! 아시는 분 있나요~!"

우당탕탕! 쌍둥이 자매가 돌격해 왔다.

카즈마는 즉시 머리를 감싸쥐고 싶어졌다. 설마 이 상황에 돌격해 올 줄은 몰랐던 것이다. 조금은 더 분위기 파악을 할 줄 아는 소녀들인 줄 알았다.

미요는 될 대로 되라는 듯한 태도로 무표정하게 그 뒤를 따랐다. 지하도시의 사람들은 아자카미 미요의 얼굴을 보자마자 일제히 술렁대기 시작했다.

"…아자카미 미요…?!"

"거, 거짓말이지…?"

"살아 있었어…?!"

'……?'

이해할 수 없는 분위기와 말이 오갔다. 얼굴과 이름을 몰라서 당황한 것이 아니라, 이 자리에 그녀가 있다는 사실 자체에 당황한 눈치다.

하지만 가장 당황한 것은 의기양양하게 뛰쳐나온 쌍둥이 자매였다.

사로잡혀 있던 소녀를 되찾아 당당하게 개선할 셈이었던 두 사람이 생각한 것과는 정반대되는 반응에 가까웠기 때문이다. 두 사람은 분명 좀 더 심플한 감동의 재회를 기대했으리라.

뭔가가 이상하다고 느낀 쌍둥이는 살며시 미요의 앞에 섰다.

하지만 카이 총괄이 그런 쌍둥이를 밀치고 미요의 앞으로 나섰다.

"…놀랍군. 설마 살아 있었을 줄은 몰랐다, 34호.*"

"윽…!"

"오히려 잘됐어. 네가 있으면 아직 승산은 있다. 자, 따라와라."

미요의 몸이 긴장으로 굳어졌다.

카이 총괄은 기모노 위로 그녀의 손을 잡더니, 억지로 잡아당기기 시작했다. 뒤에 있던 주민들은 놀란 얼굴로 뒤로 물러났고, 미요는 얼굴이 창백해져서 버티고 섰다.

※34호 : 34(三四)라는 숫자를 일본어로 훈독하면 '미요'가 된다.

하지만 건장한 카이 총괄이 잡아당기는 힘을 당해 낼 수 있을 리가 없었다.

카즈마는 갑작스러운 일에 놀랐지만, 이러한 상황을 내버려 둘 수 있을 정도로 어른스럽지는 않았다.

"잠시만 기다려 주십시오. 이 아이는 우리가 구출한 소녀입니다. 우선 설명이라도 해 주셔야 하는 것 아닙니까?"

"아아, 실례했군. 구해 주어 정말로 고맙네. 이 아이는 고적합자들 중에서도 특수한 체질이라 말이지. 동생이 돌보고 있었는데 셸터가 파괴됐을 때 행방불명되었거든."

"…특수한 고적합자? 어떤 능력이죠?"

"그건 자네가 알 필요 없네. 거기 너희들, 이 아이를 연구실로 데려가라."

"어, 네?! 저희가 왜요!!!"

"말도 안 되는 소리 마세요!!"

"대체 생각이 있으신 거예요, 카이 총괄님?! 시설에는 아이들도 있다고요!!"

"뭐, 뭐야, 그 말투는…!!"

어른들의 태도를 본 쌍둥이가 솜털을 곤두세우며 주먹을 움켜쥐었다.

두 손을 내저으며 뒤로 물러나는 남성과 자신의 아이들을 감싸듯 등을 돌리는 여성도 있었다. 카이 총괄은 혀를 차며 다른 자들에게 시선을 옮겼지만, 그 다른 이들도 마찬가지로 놀라서 시선을 피했다.

아무리 봐도 사지에서 살아남은 아이를 맞이하는 태도가 아니다.

명백하게 이상한 일이다. 그녀와 얽히기를 거부할 뿐 아니라 함께 행동하는 것조차도 두려워하는 듯한 분위기다.

특수한 고적합자라는 이유로 이런 취급을 받는 상황 자체가 이해되지 않았다.

카즈마는 입이 무거워 보이는 카이 총괄에게서 시선을 떼며 말했다.

"아마쿠니 박사. 당신은 저 아이에 관해 뭔가 알 텐데. 이 상황에 관해 설명해 줘. 오오야마츠미노카미의 진정제에 저 아이의 혈액이 쓰이는 것과 상관이 있나?"

"그, 그건⋯!"

눈동자가 흔들렸다. 그때부터 뭔가 이상하다고는 생각했다.

카즈마는 미요의 혈액으로 진정제를 만들어 낼 수 있다는 게 그녀의 희소성일 거라 추측했었지만, 만약 그렇다면 주민들이 두려워할 이유가 없다.

그들이 미요를 꺼릴 만한 다른 이유가 있는 것이다.

"이야기는 끝이네. 원정군 분들은 휴식을 취하시게. 자, 너는 어서 이리 따라와!!"

"그, 그만…!"

카이 총괄은 자신을 막으려 드는 아마쿠니 박사를 뿌리쳤다. 뿌리칠 때 총괄의 반지가 아마쿠니 박사의 손을 베어 상처가 났다.

아마쿠니 박사를 받아 낸 카즈마는 주먹에 힘을 줬다.

갑작스러운 사태에 모든 이가 당황한 가운데 카즈마가 나서기도 전에 쌍둥이 자매가 목장에 있던 양동이를 카이 총괄을 향해 걷어찼다.

"야압!!!"

"큭?!"

"미요치, 이쪽이야!"

"함내로 돌아가자!"

"어, 저, 저기…!!"

쌍둥이 자매는 내릴 때보다 빠른 속도로 미요를 끌고 갔다. 카이 총괄이 쫓아가려는 낌새를 보이기에 카즈마는 화가 난 얼굴로 앞을 가로막았다.

"미안하지만, 이유도 없이 함정에 오르는 것은 허가할 수 없어."

"보호자였던 여동생이 죽은 이상, 저것의 친권은 내게 있네. 이유도 없이 군이 구속하게 둘 이유는 없을 텐데?"

조금 전까지의 우호적인 분위기는 사라진 지 오래다.

카즈마는 만났을 당시에 미요가 재버워크에게 인질로 잡힌 상태에서 왜 자포자기식의 태도를 취했는지 이해할 수 있었다. 그리고 더 빨리 알아챘어야 했다며 자신을 책망했다.

―돌아가든 돌아가지 않든, 저는 오래 살지 못해요.

그녀는 자신이 인질이었을 때 그렇게 말했다. 그것은 지병 때문만이 아니라 자신을 둘러싼 환경까지 염두에 둔 말이었을지도 모른다.

그렇다면 카이 총괄을 함내에 들이는 것은 절대로 허가할 수 없다.

카즈마의 옆에 선 토키와 함장도 선창 끄트머리에 서서 길을 가로막았다.

"그쯤 하시지, 카이 총괄. 배 안은 어느 시대에나 치외법권. 선원들의 독자적인 규율이 있어. 지금의 당신이 올라탄다면, 신변의 안전은 보장 못 하겠는데."

중재와 견제를 겸한 말로 상대를 압박했다.

카즈마와 토키와 함장이 진지하다는 것을 알아챈 카이 총괄은 불쾌한 듯 눈살을 찌푸렸지만, 불리한 상황임을 깨닫고 물러났다.

"…난감하게 되었군. 저것이 무엇인지도 모른 채 숨겨 주려 하다니, 어리석기 그지없어."

"그렇다면 좀 같이 알자고. 그녀는 뭐지? 내 눈에는 10년 후

모습이 기대되는 귀여운 소녀로만 보이는데 말야. 불투명한 이유로 내 노후의 낙을 빼앗으려 들다니, 아주 괘씸한 양반이야. 안 그런가, 카즈마 군?"

"완전히 동의합니다."

두 사람이 움직이자 부대의 대장들도 카즈마 일행 쪽에 붙었다.

일촉즉발의 분위기란 이런 경우를 말하는 것이리라.

눈싸움이 계속되던 중 중재 역할을 자청하려는 것인지 아마쿠니 박사가 손을 들었다.

"…좋아요. 사정을 설명하겠어요."

"아마쿠니!!!"

"괜찮아요. 말해도 되는 것과 안 되는 것은 구분할 테니. 그리고 이 자리에서 당장 설명하는 것도 무리예요. 향후 작전을 논의하는 자리에서 순서대로 설명하게 해 주세요."

"알겠어. 그 조건을 받아들이지."

카즈마가 고개를 끄덕이자 토키와 선장도 수긍했다.

"그럼 그때까지 저 아이는 우리 배에서 맡지. 상관없겠지?"

"…좋을 대로 해라."

카이 총괄은 등을 돌리고 떠나갔다. 당황한 추종자들과 주민들도 그 뒤를 따랐다.

카즈마는 아마쿠니 박사가 걱정되어 손을 잡았는데….

"……?!"

"응? 왜 그래?"

"아무것도 아니야. 일단 드레이크Ⅲ로 돌아가지."

그렇게 그들의 모습을 배웅한 후, 일단 해산하게 되었다.

＊

그리고 함내로 도망친 쌍둥이 자매와 아자카미 미요는 탕비실 근처까지 달려와 있었다. 자신들이 데리고 나간 탓에 그런 일을 당했다는 자책감에 쌍둥이는 아무 말도 하지 못했다. 걸음을 멈추면 좀 전에 있었던 일에 관해 미요와 대화를 해야만 한다.

살아서 돌아온 동료를 그런 눈으로 쳐다보는 어른을, 쌍둥이는 처음 보았다.

괴물에게 납치되었다 살아서 돌아오는 것은 이 시대에는 거의 기적이나 다름없는 일이다.

…그러니 다들 더 기뻐해 주리라 생각했던 것이다.

그런데 일이 그렇게 되어 버릴 것이라고는 생각도 못 했다.

탕비실 앞 문까지 달려온 세 사람은,

"와악?!"

"꺅?!"

대앵! 문 앞에서 어떤 여성에게 부딪혀 엉덩방아를 찧었다.

탕비실에서 커피를 내리던 여성. 카야하라 나츠키는 어쩐 일로 적복을 입지 않은 이너웨어 차림으로 두 사람 앞에 나타났다.

"어이쿠, 미안미안. 근데 배의 복도는 좁으니 둘 다 조심해야지."

"히, 히메짱."

"몸은 괜찮아?"

"후후, 열 시간 가까이 잤으니까. 증세는 아직 뭐라 말할 수 있는 정도가 아니지만, 일단은 진정된 것 같아. …어라? 처음 보는 애가 있네?"

나츠키는 미요의 존재를 알아채고 시선만 보내 쌍둥이에게 물었다.

하지만 쌍둥이는 어떻게 소개를 하면 좋을지 몰라 고개만 숙이고 있었다. 뒤를 돌아보면 미요가 화를 내고 있을지도 모른다고 생각한 것이다.

두 사람이 데리고 나간 탓에 하마터면 카이 총괄에게 끌려갈 뻔했기 때문이다.

평범하게 생각하자면 화가 났을 것이다.

"응…? 히비키? 후부키?"

"…윽."

"……."

침묵하는 세 소녀. 미요는 화가 나지는 않았지만 당황해서 고개를 숙이고 있었다. 자기 때문에 쌍둥이가 무리를 한 것 같아 미안하다고 생각하는 눈치였다.

나츠키는 손가락을 턱에 댄 채 잠시 기다렸다.

그리고 갑자기 탕비실로 들어가더니 달콤한 향이 감도는 접시를 가지고 나왔다.

"…좋아! 그럼 다 같이 달콤한 거라도 먹을까?"

"어?"

"달콤한 거?"

"응. 카츠라이 대장님이 애플파이를 간식으로 줬는데, 나 혼자 먹기는 많았거든. 넷이서 먹으면 딱 적당할 것 같은데, 어떻게 생각해?"

세 사람의 눈높이에 맞춰 애플파이를 들이밀었다. 이 시대에 달콤한 간식은 어느 나라에서나 사치품으로 분류된다. 구운 사과의 실로 향긋하고도 달콤한 향이 콧구멍을 간질였다.

채소로 만든 구운 과자가 아니라 진짜 과일과 설탕을 사용해 만든 구운 과자를 먹을 기회는 흔치 않다. 쌍둥이는 군침을 흘리며 조금 전까지의 어색했던 분위기는 완전히 떨쳐 내 버린 듯한 표정으로 아자카미 미요에게 고개를 돌렸다.

"미요치!"

"아, 네."

"이럴 때는 달콤한 간식으로 안 좋은 기분을 날려 버리는 게 제일이야! …그리고 조금 전에는 미안. 일이 그렇게 될 줄은 몰랐어."

추욱. 쌍둥이는 순식간에 기가 죽었다.

가면극처럼 표정이 휙휙 바뀌는 쌍둥이의 모습에 미요는 비로소 미소를 입가에 머금었다.

"후후… 저는 괜찮아요. 그보다 괜찮다면, 거기 계신 여성분을 소개해 주시겠어요?"

"당연히 괜찮지!"

"이 사람은 극동의 적복이고…."

시끄러운 소녀들은 애플파이와 함께 휴게실로 돌아갔다.

조금 전까지의 우울한 분위기는 적어도 이때만은 어디론가 사라지고 없었다.

*

그날 밤 카즈마 일행은 치히로 일행과 합류하여 전투의 사후 처리를 하고 있었다.

인도양 도시국가 '샴발라'는 재버워크의 기습을 받아 막심한 피해를 입었고, 동원했던 세 척의 배 중 두 척이 철수할 수밖에 없게 되었다. 중상자도 다수 발생해서 샴발라의 전사들은 분노로 이성을 잃은 상태였으리라.

서로에게 오해가 있었음을 인정한 극동과 샴발라는 양측 총사령관 대행과 중화대륙연방의 전권 대사가 동석한 가운데 회합을 갖기로 했다.

　회합에는 극동 측의 아마노미야 치히로와 토도 츠나요시.

　중화대륙연방의 징위 대사와 수행원 둘.

　샴발라에서는 아난 준장이 참석했다.

　비열한 술책에 걸려들었음을 알아챈 아난 준장은 불같이 화가 난 얼굴로 원탁을 후려쳤다.

　"이놈, 재버워크!! 죽은 자를 조종해 싸우게 하다니, 비열한 놈 같으니!!! '왕관종'이라 불리고 있는 주제에 긍지란 것도 없다는 말인가!!!"

　얼굴이 새빨개져 머리에서 김이 올라오는 것처럼 보이는 아난 준장.

　준장이라는 지위치고는 젊어 보이는 이 남성이 이번 전투에서 총지휘를 맡았던 모양이다. 직후, 아난 준장은 새빨간 얼굴을 원탁에 닿도록 바짝 숙이고서 면목이 없다는 듯 큰 소리로 말했다.

　"적의 손아귀에서 놀아난 것도 모자라 이런 꼴사나운 모습을 보이다니. 부상당한 동료들을 보호하기 위해서였다고는 하나, 양국에 다대한 손해를 입혀 죄송한 마음 금할 길이 없습니다. 쥐구멍에라도 들어가고 싶은 심정입니다. 부디 용서해 주십시오…!!!"

아난 준장은 진심 어린 사과와 함께 고개를 숙였다.

다행히도 이번 소규모 전투에서는 샴발라에서도 극동에서도 사망자가 발생하지 않았다.

극동은 머나먼 해양국가인 샴발라가 증원을 와 준 것만으로도 충분히 감사해야 할 상황이었다. 굳이 일을 키울 이유는 없다.

신경 쓰지 않아도 된다고 치히로가 웃으며 말하려던 그 순간, 징위 대사가 소름 돋는 얼굴로 목소리를 높였다.

"그런 가벼운 사죄로 끝낼 문제인가!! 귀공들이 아군 진영을 공격한 결과 어떠한 참상이 벌어졌는지 알기나 하는 것인가!! 극동의 전함은 소이탄으로 인해 불바다가 되었고, 불탄 물자는 물고기 밥이 되었다! 원정에서 물자의 소모가 사활문제라는 것은 귀공들도 잘 알 텐데?! 무엇보다 왕관종과의 싸움을 앞에 두고 있음에도 불구하고 함선의 방어기능에까지 손상을 입었다! 이번에는 **우리 중화대륙연방이** 귀공들을 제지할 수 있었기에 망정이기는 하나, 사죄 한 번으로 넘어갈 수 있는 일이 아니다!!"

몸이 절로 떨려 올 듯한 일갈에 아난 준장의 낯빛이 창백해졌다.

치히로는 깜짝 놀랐다. 확실히 다족형 전차의 소이탄으로 갑판에 불길이 번져 피해가 발생하기는 했지만, 원정 그 자체에 지장을 줄 만한 피해는 발생하지 않았다.

드레이크Ⅱ의 손상도 우현 후방의 기관포가 파괴된 것뿐이다.

하지만 그런 사정을 모르는 아난 준장은 어떻게 대처하면 좋을지 몰라 눈만 이리저리 굴리고 있었다.

'…어쩌려는 거지? 한때의 감정으로 이렇게 억박지를 사람은 아닐 텐데.'

치히로는 중재를 해야 하나 말아야 하나 고민했다. 징위 대사에게 뭔가 생각이 있을 경우, 섣불리 끼어들었다간 이쪽도 궁지에 몰릴 가능성이 있다.

그런 치히로의 생각을 꿰뚫어 본 것인지, 징위 대사는 수상한 미소를 지은 채 부채로 입가를 가리고 말을 이었다.

"…하지만, 구난 구조를 위해 달려오신 극동의 입장도 고려해야겠지요. 일을 크게 만들어 전체의 사기를 떨어뜨리는 사태는 피해야 하고말고요. 안 그런가요, 치히로 씨?"

"네? 아, 네, 물론이죠! 습격을 받았을 때는 당황했지만, 다행히도 사망자는 발생하지 않았습니다. 준장님의 사죄를 받아들일 준비는 되어 있습니다. 우리의 동포를 구하기 위해 귀국의 힘을 빌려 주셨으면 합니다."

"오, 오오…! 양국의 자비에 감사드립니다!"

"그래요, 그래, 실로 자비로운 결단이군요. 만약 이번 일이 양국간의 국제문제로 발전했다면, 귀함의 승조원들은 본국의 땅을 밟지 못하게 되었을 가능성도 있으니까요. 극동의 자비로운 판단을 잊지 마시지요."

미소를 지은 채 계속해서 양국의 사이를 중재하는 징위 대사.

하지만 말의 내용은 흉흉하기 그지없었다. 바꿔 이야기하자면 국제문제로 만들지 말지 판단할 칼자루는 이쪽이 쥐고 있다고 에둘러 협박하고 있는 것이나 다름이 없기 때문이다.

게다가 정전(停戰) 상태로 이끈 공은 중화대륙연방이 가로채는 철저한 면모까지 과시했다.

작금의 해적들도 이렇게까지 막 나가는 교섭은 하지 않을 것이다.

'위협이나 다름없는 말을 쿠션 삼았을 뿐인데 이런 흐름을 만들 수 있다니… 나도 본받아야겠네.'

소문으로 들었던 것보다 훌륭한 외교력. 위협과 미소를 각각 구분해 사용하는 타이밍도 절묘하다.

아무런 전제도 없이 사죄를 받아들였다면 손에 넣지 못했을 교섭 카드였다. 교섭의 순서를 바꾸기만 해도 이렇게까지 흐름이 바뀌는 건가 싶어 감탄하지 않을 수 없었다.

징위 대사는 아난 준장의 뺨이 실룩거리는 것을 자연스럽게 확인한 후, 화제를 돌리듯 말을 이었다.

"그런고로 삼국의 공동전선을 체결하고자 합니다만… 아난 준장. 가능하면 이 자리에서 결정해 주셨으면 하는 것이 있습니다."

"무엇입니까?"

198

"이번 공동전선의 총사령관으로, 저는 극동의 특권 장관을 추천하는 바입니다."

이 말에는 아난 준장도 놀라지 않을 수 없었다. 그리고 치히로도 놀라긴 마찬가지였다.

이 전개에서 말을 꺼낸 이상, 편의상의 총사령관을 정하자는 의미가 아니다. 큐슈에서 벌어질 전투의 총지휘를 맡을 인물로 지명하겠다는 뜻이다.

현장에서의 지휘권을 타국에 양도하라는데 간단히 고개를 끄덕일 장교가 있을 리 없다.

아난 준장은 당황했던 조금 전과는 달리 매서운 눈빛을 징위 대사에게 날렸다.

"…미숙한 몸이기는 합니다만, 간단히 수긍할 수는 없을 것 같습니다. 이 타이밍에 발안한 의도를 물어도 되겠습니까?"

"귀공이 자신의 역량 부족을 곱씹고 있는 지금이라면 받아들여 주시리라 생각했습니다. 어찌 되었든 귀공은 이번에 재버워크에게 완패하지 않았습니까. 그것도 변명이 불가할 정도로 완전하면서도 완벽한 패배였지요."

반론을 허락지 않는 조용한 목소리다.

조금 전과는 또 다른 위압감을 풍기는 징위 대사의 모습에, 두 사람은 약간 당황했다.

"아난 공. 실례지만 귀공은 사령관으로서 너무 감정적입니다.

기만전술에 많은 동료가 다쳐 격분한 상태였던 건 알겠습니다
만, 좀 더 상황을 냉정하게 분석했더라면 내분으로 손해를 입히
는 사태로는 번지지 않았겠지요."

"……."

"사망자가 발생하지 않은 것은 **정말로** 기적입니다. 양측 병
사의 수준이 매우 높았기에 일어난 기적이지요. 하지만 두 번은
기대하기 어렵습니다. 우수한 병사를 죽게 하지 않기 위해서는
우수한 사령관이 반드시 필요하기 마련이며, 우수한 자에게 길
을 양보하는 것은 이 시대의 의무이죠."

무능한 대장은 백 명의 병사를 죽이고, 무능한 사령관은 천
명의 병사를 죽이며, 무능한 위정자는 백만 명의 국민을 죽인다.

이는 인류 퇴폐의 시대에서도 흔들리지 않는 사실이다.

무능한 자들이 잘못된 판단을 내린 탓에 수많은 목숨이 위험
에 처하고, 나라가 멸망하는 비극도 적지 않았다.

"재버워크의 비열한 행위에는 저도 분노를 금할 길이 없습니
다. 선조의 이름에 맹세코 이 감정에는 거짓이 없습니다. 하지
만 그런 비열함과 맞서기 위해서는 적의 속셈을 간파할 수 있는
이성적인 사령관이 필요합니다."

"그게 극동의 적복들이라는 겁니까?"

"네. 아직 원석이기는 하지만 상당히 우수하지요. 미숙한 부분
은 **제가** 보좌할 테니, 안 좋은 결과로 이어지지는 않을 겁니다."

'아, 그게 목적이었구나.'

중화대륙연방은 이렇다 할 군비를 갖추고 있지 않았지만 정전 상태로 이끈 중심인물이라는 입장을 이용해서 **조언만** 할 꿍꿍이 속인 모양이다.

정전협상을 도와 달라고 한 대가는 정말로 비싸게 먹힐 것 같다. 향후의 일을 생각하니 골치가 아파 왔다.

아난 준장이 징위 대사의 속셈을 알아챘을지 어떨지는 모르겠지만, 그는 어느 정도 진정된 얼굴로 적복인 치히로를 흘끔 쳐다보았다.

"…치히로 공. 원정군 사령관 대행이라 들었습니다만, 본래의 사령관은 누구십니까?"

"개척부대 총괄을 맡고 있는 카야하라 나츠키입니다."

"그럼 타츠지로 공은 오지 않으신 겁니까?"

조용히 고개를 가로저었다. 아난 준장의 표정이 더욱 심각해졌다.

"그렇습니까…. 2년 전 그리드라쿠타 해역에서 우리에게 가세했던 붉은 영걸 타츠지로 공은 에이라완 장군, 아르주나 장군이 경의를 표하는 전사입니다. 우리나라를 지탱하는 세 장군이 문경지우(刎頸之友)라고까지 부르는 그가 지휘를 맡는다면 우리도 한 발짝 물러설 수 있겠습니다만…."

그리드라쿠타 해전은 샴발라의 존망을 건 왕관종과의 일대결전을 말한다. 인류를 적극적으로 폐멸시키고 돌아다니고 있는 악왕(惡王) 브리트라의 침공을 막기 위해 일어난 극동, 중대련, 샴발라를 비롯한 동아시아 대연합군은 많은 피를 흘리며 왕관종의 침공을 막아 내고 치명상을 입혔다고 전해진다.

머나먼 곳에 위치한 샴발라에서 그들이 달려와 준 것도 와다 타츠지로라는 국경을 초월한 전우가 있었기 때문일 것이다.

아직 젊은 치히로와 나츠키에게 지휘권을 맡길 수 있을 리가 없었다.

"과연. 실태(實態)를 모르는 자를 사령관으로 앉히면 말단의 사기에 악영향을 미칠 수 있다는 것이군요. 그렇다면 그 건은 일단 보류하기로 하지요. …참고로 에이라완 장군과 아르주나 장군은 무탈하십니까?"

"네? 무, 물론 그렇습니다만?"

"그거 다행이군요. 극동의 위기에 용장 아르주나 장군과 명장 에이라완 장군이 오지 않으신 것이 이상하다 싶어서. 연세가 있다 보니 몸이라도 상하신 것일까 걱정했습니다."

그렇게 말하며 빙긋, 수상한 분위기를 줄인 미소를 지었다. 아무래도 흥정을 위한 아첨은 아닌 것 같다는 생각에 아난 준장은 가슴을 쓸어내렸다.

"기대에 부응하지 못해 죄송합니다. 일개 병졸에서 승진한 몸이기는 합니다만, 실력에는 자신이 있습니다. 전투 시에 눈여겨 봐 주신다면, 이번에 보인 추태를 만회해 보이겠습니다!"

"……. 하하, 그것 참 믿음직하군요. 역시 병졸에서 무훈을 쌓아 승진한 용장이셨습니까."

역시 사령관을 맡을 만한 그릇은 아니다, 라고 전원의 생각이 일치했다.

"그러면 향후의 방침에 관해 논의를 할까 하는데, 극동 측에서 보고해야만 할 것이 있습니다. 제15부대 및 타치바나 부대 대장과 카이 총괄, 아마쿠니 박사, 입실해 주세요."

치히로가 입실을 재촉했다.

카이 총괄, 아마쿠니 박사, 사가라 토우마, 사이조 히나, 타치바나 유지까지 네 명이 입실하여 원탁 옆에 나란히 섰다.

징위 대사는 토우마의 모습을 보고 빙긋, 하고 악의 없는 미소를 지었다.

토우마는 증오를 듬뿍 담아 혀를 차는 것으로 응전했다.

"토도 부대장. 제15부대가 발견한 천유종에 관해 보고해 주세요."

"알겠다. 다족형 전차가 기록한 영상을 봐 다오."

방이 어두워지고 벽에 위치한 액정화면에 조금 전의 전투 영상이 흐르기 시작했다.

거대한 나무뿌리가 미쳐 날뛰는 원생생물을 무차별적으로 포식하는 모습에 아난 준장과 징위 대사의 표정이 사나워졌다.

그 원대한 거구는 평범한 등급—랭크로는 헤아릴 수 없을 정도였다. 평범한 전사가 싸웠다면 죽고도 남았을 것이다.

마지막 공방까지를 지켜보고 나자, 예상치 못한 난적의 출현에 모든 이의 입에서 신음소리가 새어 나왔다.

"…흠. 이건 분명 극동을 중심으로 군생하고 있는 오오야마츠미노카미, 였지요. 이 나무는 언제나 저런 식으로 날뜁니까?"

"비공개 정보여서 저희도 몰랐지만, 현지 사람들에 의하면 과거에 한차례 날뛰었던 적이 있다고 해요."

"언제쯤이었지요?"

카이 총괄이 한 걸음 앞으로 나서 당시의 일을 설명했다.

"13년 전의 일이네. 마침 그 시기에 인도양 해상협정이 체결되어 큐슈에 남은 목축문화의 노하우를 타국에도 전파하려는 시도가 있었지."

"네, 기억합니다. 동아시아의 도시국가와, 선상민족을 지배하는 그 대해적과도 사실상의 화해가 이루어진 시기였지요."

해적이 해상협정에 참가했다고 하면 고개를 갸웃하는 이들도 많을 것이다.

하지만 선상민족의 인구수와 그 내력을 아는 자라면 의문을 제기하지 않으리라.

해수면 상승과 지반의 함몰, 대규모 지각변동으로 인해 해몰 지역은 300년에 걸쳐 급속히 확대되었다. 그 때문에 인도양이라는 지명은 매우 광범위하게 사용되었다.

인도네시아의 수도 자카르타는 본래 해발 0미터라는 혹독한 환경에 있었고, 인구수는 많아도 해몰에 의한 침수구역의 확대가 극심했다. 때문에 셸터 도시를 버리고 선상민족이 되는 이가 많았다고 기록되어 있다.

인구의 60퍼센트 이상이 바닷가에서 생활했다는 필리핀은 더욱 비참했다. 대재해 이후 100년 정도가 지나자 국토의 90퍼센트가 바다에 가라앉았고, 환경제어탑의 폭주가 가장 격렬했던 시대에 바깥세상으로 내몰리게 되었다.

타국의 셸터 도시로 도망치지도 못한 채 혹독한 환경 속에서 살던 그들의 총인구수는 한때 일만 명까지 떨어졌었다고 한다.

그들은 제어탑의 폭주가 급격히 수그러든 덕분에 간신히 살아남았지만, 이미 멸망의 문턱까지 와 있었다.

그런 그들에게 구원의 손길을 내민 것이 선상민족 최대의 세력이라 불렸던 해적이었다.

세계에서 유일하게 **해상이동요새도시**를 보유한 비국가조직.

아라비아해에서 태어나 일곱 개의 바다를 누비는 대해적이 어쩔 수 없이 셸터 밖에서 살아온 선상민족과 도시국가의 사이를 중재했고, 그 덕에 인도양 해상협정은 체결되었다.

"해적왕이라 불리는 만큼 그 실력은 밀리언 크라운에 견줄 수 있지. 게다가 당시만 해도 이동요새와 전함 20척이 기항해 있기도 했고."

"드레이크 I , II , III는 그때 구입한 거죠?"

"맞네. 오오야마츠미노카미의 나무가 갑자기 날뛰었던 것은 그때였지. 거대한 나무 괴물이 되어 날뛰기 시작한 녀석은 차례로 거구종과 환수종을 잡아먹고 한도 끝도 없이 성장해 나갔네."

조금 전의 영상을 되감기해서 그 엄청난 식욕을 재확인했다.

"타츠지로는 우연히 그 자리에 있던 해적왕을 억지로 끌어들여 큐슈 총련과 총력을 결집해서 오오야마츠미노카미의 폭주를 막고 활동을 정지시키는 데 성공했네. …하지만 훗날. 무시무시한 사실이 판명되었지."

"무시무시한 사실?"

치히로가 고개를 갸웃하자 아마쿠니 박사가 굳어진 표정으로 앞으로 나섰다.

"오오야마츠미노카미는 일본 제도에 **군생**하는 게 아니었어. 일본 전토에 뿌리를 내린, 한 그루의 거목이라는 게 판명되었거든."

아난 준장은 턱이 빠지는 게 아닐까 싶을 정도로 크게 놀랐다.

"이… 일본 전토에 자라난, 한 그루의 나무라고?!"

"네. 일본 전체에 뿌리를 내리고, 뿌리에서 지상을 향해 줄기를 뻗고 있죠."

일본 제도에서는 수많은 거목들이 확인되었지만, 그것들 대부분이 오오야마츠미노카미였다. 랜드마크 타워에 엉켜 붙어 있던, 수백 미터의 높이를 자랑하는 나무도 그렇다.

그것들이 한 그루의 나무라면 그 크기는 일본 제도보다 훨씬 거대하다는 뜻이 된다.

"여기 있는 타치바나 부대장은 그때 가족을 잃고 필두에게 몸을 의탁한 사람입니다."

"호오? 즉, 13년 전의 싸움을 알고 있다는 건가?"

"…네. 오늘까지 제 나름대로 연구를 해 왔습니다만, 이번에 손에 넣은 정보와 아마쿠니 박사에게 받은 샘플을 통해 확신에 도달했습니다. 이 해석 결과를 봐 주십시오."

타치바나는 거목의 뿌리에서 채취한 나무껍질을 확대하여 세포를 둘러싼 울퉁불퉁한 실 같은 것을 보여 주었다.

징위 대사는 눈을 가늘게 뜨고서 말했다.

"이건… 균? 아니, 균사류(菌絲類)입니까?"

"네. 그것도 생물, 식물을 불문하고 기생하는 지극히 강인한 감염력과 적응력을 지닌 균사류입니다. 문헌에 따르면 해몰대륙에 동충하초라는 곤충에 기생하는 균사류가 있다는 모양인데, 그에 가까운 균사류가 아닐까 싶군요."

"흠. 나방의 유충에 기생하는 그것 말인가요. 계속하시지요."

"13년 전 날뛰었을 때는 큐슈의 남쪽인 카고시마에 위치한 사쿠라지마에 솟은 거목에 기생했고, 육안으로 확인이 가능할 정도로 거대한 균핵(菌核)이 확인되었습니다. 아마도 그 균핵이 숙주인 오오야마츠미노카미를 억지로 성장시키기 위해 난획을 하고 있는 것으로 추측됩니다."

"하지만 그 균핵은 오오야마츠미노카미를 완전히 지배하고 있는 건 아닙니다."

"크게 날뛴 것치고는, 도쿄에서는 아무도 모르는 사건이니까. 오오야마츠미노카미의 온몸에 균이 퍼지지 않았다는 증거라 할 수 있을 거야."

"그럴 가능성은 매우 높지. 적어도 13년 전에는. 다음은 이 자료를 봐 주십시오."

액정화면이 전환되었다.

계곡에서 확인된 시체가 비치자 히나는 나직하게 비명을 질렀다.

"이것은 좀 전에 판명된 사실입니다만… 이쪽에 있는 **움직이는 시체에서도** 같은 균사류가 확인되었습니다."

"뭐라고?"

"…무슨 소리야?"

토도와 치히로가 동시에 의아한 투로 말했고, 아마쿠니 박사와 카이 총괄은 표정이 굳었다.

한편, 아난 준장과 징위 대사는 극적인 태도 변화를 보였다.

"시체를 조종하고, 13년 전에 활동을 정지했다…?"

"아아, 그렇군요. 활동을 정지한 시기도 완전히 일치하네요. …흥. 최근 조용하다 싶었더니 이런 변경에 숨어 있었던 건가요."

징위 대사가 시시하다는 듯이 수행원에게 눈짓을 해서 자료를 가져오게 했다.

수행원에게서 받은 자료를 팔랑팔랑 넘기던 그는 여러 장의 자료와 작은 병을 원탁 위에 내려놓았다.

"타치바나 부대장. 우리가 자료를 제공할 테니 조사해 주셨으면 하는 것이 있습니다."

"아, 네. 뭘 말입니까?"

"이쪽은 20년 전, 중화민족을 덮쳤던 이름 없는 기이한 병에 걸려 죽은 자의 피지(皮脂)입니다. 아마도 같은 균사류가 확인될 겁니다."

"우리 샴발라도 자료는 없습니다만 비슷한 기이한 병이 확인되었습니다. 해몰대륙뿐 아니라 EU연합에서도 유사한 병이 확인되었고 말입니다."

이 말에는 타치바나뿐 아니라 아마쿠니 박사와 카이 총괄도 놀랐다.

"어… 그, 그럼 이미 해명된 균이라는 말입니까?"

"아뇨, 전혀요. 어찌 되었든 이 기이한 병은 13년 전을 끝으로 완전히 자취를 감춰 버렸거든요."

"만약 13년 전에 활동을 정지하지 않았다면, 인류의 개체수는 현재보다 20퍼센트는 감소했을 것이라고 학자들이 입을 모아 말했습니다."

"때문에 이 병을 인류 최대의 적 중 하나로 인식하고 국가들이 손을 잡고 해결책을 마련하기 위해⋯ 이 이름 없는 균사류를 왕관종의 말석에 앉히기로 했지요."

모두가 얼굴을 놀라움으로 물들인 채 눈빛을 주고받았다.

타치바나는 양도받은 자료를 집어 들고서 엉겁결에 목소리를 높였다.

"그, 그럼⋯ 지금의 극동에는, 왕관종이 둘이나 존재한다는 뜻이야?!"

"네, 그렇게 되겠군요."

원생생물에 무차별적으로 감염되는 균사류. 게다가 카즈마의 보고가 확실하다면 균에 감염되더라도 시체는 균사에 의한 유사 생명회로를 지니게 되어, 생전의 무장을 구사해 요격해 온다고 한다.

전자의 능력이 균사류의 능력이라면, 후자의 능력은 재버워크의 것이리라. 현재는 세균 감염에 의한 증식보다 오오야마츠미노카미의 성장, 기생을 촉진하기 위해 포식행위를 하고 있는 단계이기에 감염이 확대되지 않고 있는 것에 불과하다.

타치바나는 얼굴을 손으로 덮은 채 이 상황에 대한 가장 적절한 답을 이야기했다.

"불사의 괴물 재버워크와 시체를 조종하는 균사류… 최악의 조합이로군."

"동감입니다. 하지만 이로써 우리가 쓰러뜨려야 할 자의 정체가 확실해졌군요."

큐슈의 지도를 펼쳤다.

징위 대사는 조용히 투지를 불사르며 사쿠라지마를 부채로 두드렸다.

"오오야마츠미노카미는 이제 인류와 공생할 수 있는 천유종이 아닙니다.

극동을 지배하는 열두 왕관종. 그것도 아마 가장 거대한 왕관을 쓴 한 마리입니다."

"……!!!"

회합장에 정적이 깔렸다.

무거운 분위기 속에서 아무도 입을 열지 않는 것은 그다음 이야기를 하기가 두렵기 때문이었다.

한 마리만 있어도 상대하기 벅찬 왕관종이 이 큐슈에는 두 마리나 있다.

심지어 한 마리는 지구상에서 손에 꼽을 정도로 거대한 몸을 손에 넣고 말았다.

본격적으로 날뛰기 시작하는 날에는 싸움조차 성립되지 않을 것이다.

모두가 무거운 침묵 속에서 말을 잇고자 애쓰던 그때, 징위 대사는 차가운 눈으로 카이 총괄을 노려보았다.

"…카이 총괄님. 해가 완전히 저물기 전에, 슬슬 말씀해 주지 않으시겠습니까?"

"호오, 무엇을 말인가?"

"당신들은 13년 전, 오오야마츠미노카미의 활동을 정지시키는 데 성공했습니다. 그렇다면 당신들에게는 비장의 카드라 할 수 있는 것이 있어야만 이야기의 아귀가 맞을 텐데요? 그럼 역시 그 초초고농도 결정체—'아마노사카호코'가 열쇠가 된 것이 아닌지요?"

일동의 시선이 카이 총괄에게 집중되었다.

카이 총괄은 그 질문이 다른 조직에게서 나오기를 기다리고 있었다.

"분명 우리에게는 그럴 힘과 수단이 있네. 하지만 '아마노사카호코'로 오오야마츠미노카미를 묶어 두는 것은 이미 한계에 도달해서 말이지. 우리는 저 '아마노사카호코'를 사용해서 사쿠라지마에 잠든 거대 균핵을 파괴하기 위한 작전을 세워 왔네."

"거대 균핵을?"

"그, 그걸 파괴하면 폭주는 멈추는 건가요?"

치히로의 질문에 아마쿠니 박사는 씁쓸한 얼굴로 고개를 끄덕였다.

"지금까지는 확증이 없었지만… 샴발라와 중화대륙연방에서 발생했던 병이 같은 거라면, 거대 균핵이 활동을 정지한 것과 인과관계가 있다는 뜻이 돼. 해 볼 가치는 있을 거야."

"그를 위해 필요한 것이 몇 가지 있네. 그것이 갖춰지는 대로 움직이려던 참이었지. 극동뿐 아니라 중화대륙연방과 샴발라라는 두 개의 열강국이 힘을 빌려준다면, 반드시 거대 균핵을 파괴할 수 있을 걸세!"

"…흠. 그건 그렇다 치고. 작전 실행에는 며칠의 준비와 사전 조사가 필요할 테니, 우선은 구체적인 방책을 말씀해 주시겠습니까?"

징위 대사는 차가운 말투로 질문을 던졌지만, 카이 총괄은 흥분을 감출 수가 없다는 표정으로 사나운 미소를 띤 채, 필요한 자료가 명기된 종이를 던졌다.

"우리가 원하는 것은 세 가지네. 거대 균핵까지 호위할 병력과 '아마노사카호코'를 행사할 수 있는 고적합자. 그리고 우리의 비원의 집대성 ―'아마쿠니 34호'의 신속한 양도."

＊

그리고 7일이라는 시간이 흘러.

아자카미 미요는 정찰을 마친 드레이크Ⅲ의 갑판 위에서 홀로 바닷바람을 쐬고 있었다.

극동, 큐슈 총련, 중화대륙연방, 샴발라까지 네 개의 조직은 허락된 시간 동안 전력을 최대한 끌어모으기 위해 움직이고 있었다.

나츠키 일행은 원정군의 일시 귀국을 요청했지만 합류하려면 적어도 열흘은 걸릴 것으로 예상되었다. 오오야마츠미노카미가 다시 날뛸 때까지 합류할 수 있을지가 관건이다.

중화대륙연방도 왕관종 두 마리와의 결전을 앞두고 무거운 엉덩이를 들어 올렸다.

대총통은 자리를 비울 수 없지만, 대륙 최강의 백병전 부대로 이름 높은 기갑사단을 파견하겠다고 약속했다.

오오야마츠미노카미와 재버워크가 극동 다음으로 노릴 곳은 지리적으로 중화대륙연방일 가능성이 크다. 그렇다면 칠 수 있을 때 쳐야 한다는 것이 그 애국자의 생각이리라.

그리고 인도양 도시국가군을 이끌고 있는 샴발라의 아난 준장이 상당히 의미심장한 말을 했다고 한다.

'맹세를 이행할 때가 왔습니다! 우리의 지원을 기대해 주십시오!'

그런 몹시 믿음직스러운 말을 하기는 했지만, 구체적으로 어떻게 움직이고 있는지를 아는 것은 적복인 카야하라 나츠키와 전권 대사인 징위 대사뿐이다.

만약 전력이 갖춰지기 전에 날뛰기 시작한다면 각오를 굳히고 현지 전력만으로 결전을 치를 수밖에 없다. 승산이 한없이 0퍼센트에 가까운 싸움을 할 수밖에 없는 것이다.

모든 것은 시간과의 승부다. 물량으로 돌파구를 뚫고 단기결전으로 승부를 내는 수밖에 없다.

'…그러기 위한 정찰부대인가요.'

노을로 물든 해수면이, 하늘과 바다 사이에서 좌우대칭으로 빛나는 황혼의 시간.

피난민들이 서서히 칸몬 해협을 지난 장소에 설치된 난민 캠프로 수송되는 가운데, 아자카미 미요는 작전의 핵심 인물 중 한 명으로 이 땅에 남을 수밖에 없었다.

그녀는 고풍스러운 무늬의 일본풍 숄을 나풀거리며 멍하니 서서 며칠 전에 만난 소녀들에 관해 생각했다.

'…우리랑 같은 나이 대의 애는, 우리랑 세이시로까지 셋밖에 없거든.'

'다른 애들은 모두, 모비딕에게 잡아먹혀 버린 거야.'

달콤한 애플파이를 먹으며 환담을 나누던 쌍둥이 자매는 5년 전에 있었다는 모비딕의 습격에 관해 이야기해 주었다.

'친구도, 한 살 어린 여동생도, 아빠도 엄마도 전~부 잡아먹

히거나 떠내려가 버렸어. 그래서 살아남은 우리를 키워준 게 개척부대 동료들이었거든.'

'하지만 왜. 반쯤 군속이다 보니 주변 사람들은 전부 연상이잖아? 그래서 같은 나이 대인 미요치를 보고 살짝 너무 들떴다고 해야 할지. …그게, 뭐라고 해야 할지. 그러니까 솔직하게 말하자면….'

―친구가 되고 싶다고, 생각했습니다.

쑥스러운 듯 웃으며 그렇게 말하는 두 사람의 눈을, 미요는 똑바로 마주 볼 수가 없었다. 앞으로 일어날 참극을 생각하면 도저히 고개를 끄덕일 수가 없었다.

그녀들도 원정군의 제복을 입고 있었다. 그렇다면 결전에도 참가할 것이다.

확실하게 목숨을 잃게 될 상대에게 정을 주어 무엇 하겠는가. 앞으로 계속 짊어지고 살기라도 하라는 말인가.

미요가 그 정도로 강인했다면 이렇게 살아서 수모를 당하지는 않았을 것이다.

그렇게 강하지 못했기에… 미요는 혼자서 죽을 수가 없었던 것이니.

"하다못해 조금만 더 빨리 만났더라면… 같은 쓸데없는 생각을 하고 있는 건 아니겠지?"

"?!!"

미요는 놀라서 고개를 돌렸다. 그곳에는 의수와 의족을 장착한 남자가 서 있었다.

어떻게 전함에 숨어들었는지는 모르겠다.

어쩌면 한참 전부터 숨어 있었는지도 모른다.

의수와 의족을 장착한 남자는 손목 쪽 기구로 우둑우둑 소리를 내며, 위험한 냄새가 나는 미소를 띤 채 미요에게 다가왔다. 이 거리라면 언제든 미요를 죽일 수 있을 것이다.

남자는 붉은 머리를 쓸어 올리고서, 의수를 미요의 머리에 얹더니 진심으로 즐거운 듯 웃었다.

"뭐, 빠지고 싶다면 딱히 상관은 없어. 위약금 대신 목숨을 받아야 하겠지만, 너도 얻는 건 있을걸?"

"…얻는 것?"

"그래. 여기서 이 몸한테 죽으면… 적어도 **인간으로 죽을 수 있어.**"

최대한의 자비심을 담아 미요의 머리를 쓰다듬은 후, 남자는 벽에 기대어 어깨를 으쓱했다.

"솔직히 말해서 네 처지는 동정해. 이건 거짓말이 아냐. 그러니까 뭐, 친구를 위해 죽는다는 선택지는 나쁘지 않다고 보는데? 나도 죽을 때는 친구나 대장을 위해 죽겠다고 정해 뒀거든.

제법 폼 나는 최후 아니야?"

응응, 의수와 의족을 장착한 남자는 팔짱을 낀 채 자신의 말을 곱씹었다.

빠지면 죽이겠다고 선언하고서 동정은 하고 있다고 속삭이고, 그것도 나쁘지 않다고 스스로 이야기를 완결해 버렸다. 이 남자의 머릿속에서는 일련의 감정이 모순되지 않는 모양이다.

"뭐, 네가 빠진다고 결과가 바뀌지는 않겠지만 말야. 내 목적은 '아마노사카호코'를 대장에게 선물하는 거니까. '아마노사카호코'를 잃으면 재버워크 나리의 계획대로 극동은 괴멸할 테고, 그렇게 되면 친구도 다들 양분(養分)이 돼서 끝날걸."

"⋯⋯!!!"

눈에 힘을 주어 남자를 노려보았다.

남자는 휘파람이라도 불 것처럼 신이 나서 미요의 머리를 마구 쓰다듬은 후, 진심으로 유쾌하다는 듯 소리 내어 웃었다.

"⋯기특하기도 하네. 제대로 보이지도 않는 그 눈으로 노려보면 나도 모르게 괴롭혀 주고 싶잖아. 시간이 10년만 더 있었다면 노는 맛이 있는 미인으로 자랐을 텐데 말이지."

그래서, 어쩔래? 남자는 물었다.

미요는 입술을 깨문 채 남자를 가만히 노려볼 수밖에 없었다.

한참 동안 눈싸움을 했지만, 미요의 머릿속에도 답은 떠오르지 않았다.

원래 미요는 살해당하고 싶지 않아서, 죽고 싶지 않아서, 하물며 **그런 식으로 죽는 것은** 사양이라고 생각했기에 그들과 손을 잡았는데.

자신의 죽음이 저울에 올라가 있는데… 어째서 이렇게나 각오가 흔들리는 걸까…?

"…자기 의지로는 결정 못 하는 건가? 뭐, 상황에 휩쓸리며 사는 것도 인생이지. 이쪽은 재버워크 나리가 있어서 질 걱정은 없으니, 좋을 대로 하라고."

남자는 어깨를 으쓱한 후 등을 돌리더니 끝으로 자신이 맡은 전언을 미요에게 말했다.

"작전 결행은 오늘밤 23시. 나리는 녀석들의 전력이 다 모일 때까지 기다렸다가 놀 생각이었지만, 오오야마츠미노카미의 봉인이 이제 한계인 모양이야. 유감이지만 작전을 개시하겠다더라고."

"……."

"내가 할 말은 그것뿐이야. 그럼 후회 없는 인생을 살라고."

의수와 의족을 장착한 남자는 전함에서 뛰어내려 모습을 감추었다. 미요는 콜록콜록 기침을 하며 무릎을 꿇고, 그대로 그 자리에 무너져 내렸다.

*

키리시마 연산(連山) 지하 셸터.

시노노메 카즈마는 지하 셸터의 연구실로 걸음을 옮겨, 탐색부대가 가져온 자료를 훑어보고 있었다. 그 표정은 험악해서 평소보다 미간에 주름이 많이 잡혀 있다.

사쿠라지마에 위치한 카고시마 역 부근의 영상기록을 손에 들고 지형 파악에 몰두하고 있었다.

'…이것이 카고시마추오역(鹿兒島中央驛) 인근의 도시유적인가.'

옥상에 관람차가 우뚝 서 있다. 지금은 손님을 태우지 않게 된 곤돌라가 바람이 불 때마다 뒤뚱뒤뚱 흔들린다.

물의 밑바닥에 보이는 녹색 길은 일찍이 시영전철의 궤도 터에 녹화사업을 추진했던 것의 흔적일까. 건물이 무너져 잔해가 가득한 가운데, 물속에 들이친 빛을 받아 반짝반짝 빛나고 있는 그것은 신비로운 분위기를 띠고 있어서, 과거 사람들을 이끌던 시영전차의 긍지가 느껴지는 듯했다.

동쪽으로 시선을 돌리면 어느 시대에나 변함없이 연기를 뿜어내고 있는 카고시마의 상징, 사쿠라지마(櫻島)가 스소노(裾野)[*]에서 떠오른 아침 햇살을 받고 있다.

※스소노 : 시즈오카 현 동부에 위치한 지역.

오오야마츠미노카미는 검은 괴물처럼 그곳에 자리해 있었다.

─전장 4300미터. 전 세계에서 가장 크고 가장 높은 거목.

만약 날뛰기 시작하면 지난번 백경의 무리가 날뛰었을 때와는 비교도 되지 않을 정도의 피해가 발생할 것이 분명하다.

뿌리 부분에 보이는 거대 균핵은 응고된 수액이 표면을 뒤덮고 있어, 생명의 태동이 느껴졌다. 자료에는 지금까지 온갖 방법으로 파괴를 시도했지만 그 모든 시도가 헛수고로 끝났다고 적혀 있었다.

심지어 파괴를 하러 갔던 부대는 한 번의 예외도 없이 전멸했다는 주석이 붙어 있었다.

정말로 싸워서 이길 수 있는 상대일까.

"…이 질량과 밀도라면 전함의 화력을 동원해도 소용이 없겠군. 희망이 있다면 그 결정체뿐인가."

시노노메 카즈마의 몸은 입자가속기로서 매우 뛰어난 적성을 지녔다.

입자적합률의 정확한 수치는 44.8퍼센트.

성인이 된 인간의 혈관의 길이는 약 10만 킬로미터. 다시 말해서 지구를 두 바퀴 반 두를 수 있을 정도로 원대한 길이로, 입자체의 적합률이 44.8퍼센트라는 것은 약 4만 킬로미터 분량의 등속운동이 가능하다는 뜻이다.

계산상 초당 약 33회전의 등속운동이 가능한 입자체는 카즈마의 몸속에서 광속의 다섯 배 이상의 다원운동량(多元運動量)을 생성하고 있는 셈이다.

초고농도 결정체는 광속에 도달하는 힘을 끌어낼 수가 있지만, 아무리 질이 좋아도 광속의 네 배에 해당하는 다원운동량이 한계라고 알려졌다.

하지만 초초고농도 입자체는 그 출력이 글자 그대로 차원이 다르다.

애초에 물질적인 구조가 통상적인 결정체와 다르다.

통상적인 고농도결정체는 반도체결정체라는 별칭으로도 불리며, B.D.A에서 발하는 특정한 전자파를 통해 입자의 흡수와 방출을 가능하게 만드는 성질을 지녔다.

초고농도 결정체는 광속까지 가속한 입자를 흡수하면 결정체 내의 고유시가 변화해, 입자는 최대 2~4배의 속도를 유지한 채 다원운동량을 인체에 반영시킬 수 있다.

이것은 인류 최대의 범용병기 중 하나인 '오버라이드'의 원리이다.

초초고농도 결정체는 B.D.A처럼 외부에서 간섭하지 않아도 다원구조체로서 숨을 쉬듯 입자를 흡수하고, 가속하고 증폭하여, 아스트랄 노바를 계속해서 방출하고 있다.

이 땅속에 있는 도시에서 마음의 병을 얻지 않고 인간이 살아가고, 초목이 자라나고 있는 것은 모두 저 결정체에 깃든 힘 덕분이기도 하다.

카즈마가 온 힘을 다해 사용하면 막대한 힘을 방출할 수 있을 테지만, 아직 어느 정도의 힘을 발휘할지는 미지수다.

자료를 훑어본 카즈마는 턱에 손을 대고서 진지한 얼굴로 팔짱을 끼었다.

'균핵을 부술 수 있을지 없을지는 모두 내게 달렸나.'

실패는 곧 극동의 쇠퇴로 이어질 것이다. 질 수 없는 싸움이다.

최근 일주일 동안 '아마노사카호코'의 조정은 끝났다. 오늘 있을 시운전으로 향후의 방침이 모두 결정된다 해도 과언이 아니다. 카즈마가 거의 모든 책임을 짊어지고 있는 셈이다.

…마음을 가라앉히듯 크게 심호흡을 했다.

적은 강대하지만 그것은 지금까지도 마찬가지였다.

오리무중 같은 이 시대에서 눈을 뜬 뒤로 오늘까지 몇 번이나 죽을 위기를 맞았다. 이번에는 규모가 다소 큰 것뿐이다.

카즈마의 걱정거리는 오오야마츠미노카미가 아니라 계속 가만히 사태를 방관하고 있는 재버워크 쪽이었다.

'그 후로 재버워크가 모습을 보인 듯한 흔적은 없어. 방어선을 치고 있는 듯한 낌새는 물론이고 정찰부대를 제거하러 왔다는 소식도 없고. 대체 속셈이 뭐지?'

재버워크의 능력은 몹시 위협적이다.

불사와 시체 조작도 그렇지만, 녀석이 제 실력을 발휘했을 때 보인 그 영역은 인간이 맞설 수 있는 것이 아니다. 녀석 혼자서도 극동의 원정군을 흩어 버릴 정도의 전력 차이가 있는 것이다.

그럼에도 방관을 계속하고 있는 이유가 있다면….

'…녀석의 속셈으로 짐작되는 게, 하나 있긴 해. 될 수 있으면 아니길 바라지만….'

[카즈마, 들려?]

아마노미야 치히로에게서 갑자기 통신이 들어와 카즈마는 놀랐다.

옷깃 뒤에 붙은 통신기를 입에 가져다 대며 응답했다.

"그래, 들려. 그 일 때문이야?"

[맞아. 조사 결과, 해당자가 딱 둘 있었어. 이 둘만 사쿠라지마 관측소가 파괴된 후에 일시적으로 **행방불명됐었어.** 한쪽은 카즈마가 지목했던 사람이야.]

…그렇군. 땅이 꺼져라 한숨을 내쉬었다.

어쩌면 그게 아닐지도 모른다고 생각했지만, 불길한 예감은 꼭 들어맞게끔 되어 있는 모양이다. 하지만 알아챈 이상, 조치를 취할 수밖에 없다.

카즈마는 각오를 굳힌 후 연구실을 뒤로하며 치히로에게 물었다.

"아마노미야. 또 한 명의 인물은?"

[카이 총괄이야. 그쪽은 나츠키가 다녀올 거야. 대피는 약 90 퍼센트 정도 완료됐어. 절대로 퇴거하지 않겠다고 버티는 녀석들 빼고는 이미 큐슈 난민 캠프로 수송이 끝났어.]

"알겠어. 카이 총괄일 가능성은 낮을 것 같지만 충분히 조심하라고 전해 줘."

카즈마는 날카로운 눈빛으로 네 번째 정찰에서 돌아온 드레이크Ⅲ로 향했다. 드레이크Ⅲ의 반입구(搬入口)에서 타치바나 일행과 대화 중임을 발견한 카즈마는 총의 안전장치를 해제하고 홀스터에서 뽑아 싸늘한 표정으로 걷는 속도를 높였다.

목표 인물은 미요와 제3부대 사람들과 환담 중이었다.

"후후, 수고했어. 제3부대에는 친절한 사람이 많아서 눈 깜짝할 새 끝났네."

"여자는 없고 남자들만 가득한 부대니까요. 미녀와 미소녀의 부탁을 받고 들떠서 분발한 바보들이 많았던 덕분이죠."

"어머, 귀엽고 좋은걸. 나랑 미요에게는 큰 도움이 되었기도 하고. 그치?"

"네. 객관적으로 보았을 때, 제3부대의 사람들은 친절하고 다정한 사람들뿐이었어요."

두 사람의 칭찬에 제3부대의 일원들은 잔뜩 신이 난 듯 보였다. 여자는 한 명도 없이 남자들만 가득한 부대의 부대원들에게 두 여성은 그야말로 마음의 오아시스나 다름없었으리라.

하지만 카즈마는 평안한 분위기를 가르고 나아갔다.

카즈마를 알아본 아마쿠니 박사가 환한 미소를 지으며 손을 흔들었다.

"수고가 많아, 카즈마 군. 필요한 자료는 모았으니 오늘부터 '아마노사카호코'의 기동 실험을…."

"꼼짝 마라, **재버워크**."

철컥. 총구를 아마쿠니 박사에게 겨누었다.

일동은 놀란 얼굴이다. 경우에 따라서는 미쳤다고 해도 반박할 수가 없는 행동이었다.

총구 앞에 선 아마쿠니 박사는 어떻게 된 상황인지 전혀 모르겠다는 듯 두 손을 들고 뒤로 물러났다.

"자, 잠깐만, 카즈마 군! 갑자기 왜 그래?!"

"아, 자자, 진정하십시오, 아마쿠니 박사님. 야, 카즈마. 인사치고는 과한데, 확실한 증거는 있는 거냐? 장난으로 할 일이 아니잖아."

타치바나는 상대를 진정시키려는 듯한 동작을 취하며 아마쿠니 박사에게 다가가, 슬그머니 미요를 자신의 뒤로 숨겼다. 중립인 척하며 카즈마가 언제든 움직일 수 있도록 행동하고 있다. 현재 상황에서 부대의 대장으로서 우선해야 할 것이 무엇인지 잘 알고 있다는 증거다.

카즈마는 그것을 확인하고서 살며시 고개를 끄덕여 답했다.

"재버워크. 연기를 계속하는 건 상관없지만 세 가지만 말해 두지.

첫째. '아마노사카호코'의 시큐리티 록을 네가 아는 것에서 교체해 두었다. 이 상황을 넘긴다 해도 네가 '아마노사카호코'를 손에 넣을 일은 없어.

둘째. 일주일 전에 충돌이 일어났을 때 너의 상처가 순식간에 낫는 것을 확인했다.

셋째. 내가 처음에 했던 말을 떠올려 봐. 그 상황에서 **인질을 살려 둔 이유는 뭐지?**"

방아쇠에 걸린 손가락에 힘을 주어 언제든 발사할 수 있도록 마음의 대비를 했다.

이것은 계곡에서 마주했을 때 이야기했던 카즈마의 고찰이다. 그 상황에서 재버워크가 인질을 살려 둔 이유는 하나다. 죽이는 것 그 자체가 손해이기 때문이다.

시체를 자신의 전력으로 삼을 수 있는 재버워크가 그 상황에 아마쿠니 박사를 살려 둘 이유가 없었다.

…요 일주일 동안, 필사적으로 생각해 봤음에도 결국 찾지 못한 것이다.

"……. 나는 재버워크에게 가치가 없었다는 거야?"

"**반대야.** 아마쿠니 박사는 죽여서 몸을 빼앗는 편이 압도적으로 가치가 있어. 아니, 오히려 재버워크에게 가장 먼저 살해당한 건 아마쿠니 박사였을지도 모르지. 그렇지 않으면 재버워크가 바닷속에 숨겨져 있던 아우르겔미르를 찾아낼 수 있을 리가 없으니까."

그렇다. 이것은 계속 의문스럽다고 생각했던 일이다.

재버워크는 코스모스퀘어 연구소를 핀포인트로 노리고 습격해 왔다. 애초부터 제어탑의 관제실이 그 비밀 장소에 있다는 사실을 알지 못했다면 불가능한 범행이었다.

관리 AI와 관제실의 존재를 아는 이는 한정되어 있다.

일본 제도에서 그 존재를 아는 자는 아마도 아마쿠니 박사 한 사람뿐이었을 터.

"아마쿠니 박사를 죽인 너는 아우르겔미르를 파괴하고, 아우르겔미르와 접촉했을 가능성이 있는 나를 죽이러 왔다. 그러지 않으면 우리가 큐슈에 온 직후, 아마쿠니 박사가 바로 의심을 살 테니까. 하지만 실패한 너는 내가 너를 믿게 하기 위해 연기를 할 필요가 있었지. …박학한 척하기를 좋아하는 너라면, 트로이의 목마에 관해 알고 있어도 이상할 게 없으니 말이야."

트로이의 목마—승리의 증표로 손에 넣은 보물에 숨은 함정.

그렇다. 아마쿠니 박사는 기만전술을 위해 준비된 목마 그 자체였던 것이다.

재버워크와 오오야마츠미노카미의 습격을 받은 아마쿠니 박사를 심리적으로 동료라고 믿게 한 후, 안전하게 적진에 잠입시키기 위한 편리한 도구로 사용한 거다.

"……. 하지만 그건, 상황증거일 뿐이잖아?"

"결정적인 증거는 카이 총괄과의 몸싸움에서 입은 네 상처가 바로 나았던 거다. 시체를 조종하고 있을 뿐인 네게는 시체의 통각이 전달되지 않아. 그래서 누가 알아채기 전에 상처를 치료하고 만 거지?"

카이 총괄과의 몸싸움으로 입은 상처는 못 보고 지나칠 정도로 작았지만, 그걸 놓칠 카즈마가 아니었다.

의심이 확신으로 바뀐 것은 바로 그 순간이었다.

"너는 처음부터 아마쿠니 박사의 육체를 사용해서 이 지하도시로 숨어드는 게 목적이었다. 그렇지? 불사의 괴물 재버워크."

"……."

카즈마와 아마쿠니 박사가 눈싸움을 벌였다. 제3부대는 이미 군인의 사고로 전환하여 모두가 총을 겨누고 있다. 그들도 개척부대의 일원인 것이다.

조금 전까지 웃음을 주고받던 여성이 상대라도 적이라면 봐주지 않는다. 만약 카즈마가 발포하면 그들의 총도 일제히 불을 뿜을 것이다.

"…후우."

사방으로 포위된 아마쿠니 박사는 말없이 눈을 감더니.

지금껏 보인 적이 없는, 요염한 미소를 지으며 카즈마를 바라보았다.

"대단한 남자네. 설마 그렇게나 연기를 했는데, 처음부터 의심하고 있었을 줄은 몰랐어."

순간, 카즈마는 방아쇠를 당겼다.

제3부대의 일원들도 일제히 발사했고, 타치바나는 미요의 시야를 가로막듯 끌어안고서 그 자리에서 이탈했다. 인간의 형태를 잃기에 충분한 화력으로 벌집이 된 아마쿠니 박사는 망가진 자동인형처럼 팔다리를 흔들며 미친 듯 춤을 추었다. 그녀가 애용하던 안경이 깨져서 땅바닥에 흩어졌다.

하지만 총탄을 맞고 휘청거리던 그녀의 몸은 결코 땅바닥에 쓰러지지 않았다.

전탄을 발사한 제3부대의 일원들은 그 이상한 모습을 지켜본 후, 절반이 상황을 전달하기 위해 함내로 돌아갔고 나머지 절반은 B.D.A를 기동시켜 임전태세에 돌입했다.

하지만 그 직후 지하도시 곳곳에서 폭발음이 울려 퍼졌다.

"뭐지…?!"

"후후. 잔인한 사람들 같으니. 좀 전까지 그렇게 다정했으면서. 적으로 간주하자마자 여자를 구멍투성이로 만들다니, 역시 인간은 야만스러워. 그리고 어리석어."

얼마간 선 채로 경직되어 있던 아마쿠니 박사는 이내 조금 전과 다름없는 말투로 제3부대에게 말을 붙였다. 쿡쿡 웃으며 카즈마 일행을 바라보는 그 눈에서는 지금껏 보아 왔던 다정함이나 따스함을 조금도 느낄 수가 없었다.

괴물로서 카즈마 일행의 앞에 선 아마쿠니 박사는 사나운 미소를 지은 채 집게손가락을 세웠다.

그에 호응하듯 대폭발이 일어났다. 폭발음이 오오야마츠미노카미의 거대한 뿌리에 의한 것이라는 사실이 판명된 순간, 타치바나가 통신기에 대고 외쳤다.

"모두에게 전달!! 재버워크가 움직이기 시작했다!! 비전투원에게는 최종 대피 권고!!! 드레이크Ⅱ, Ⅲ는 즉시 비전투원을 확보해서 도망쳐라!!"

"타치바나 대장님!! 이걸 쓰십시오!!!"

전함 위에서 누군가가 철퇴형 B.D.A를 던졌다.

제3부대 대장인 타치바나 유지는 자신의 B.D.A를 최대출력으로 기동하며 아마쿠니 박사의 앞에 섰다.

"카즈마, 여긴 됐다!! 이 아이를 데리고 당장 '아마노사카호코'를 지키러 가!!!"

갑작스러운 지시에 카즈마는 놀랐다.

"무… 무슨 소리야, 타치바나가 당해 낼 수 있는 상대가 아니야!!!"

"그런 건 나도 알아!!! 하지만 이 녀석이 다른 수작을 부리고 있을 가능성 쪽이 더 위험해! '아마노사카호코'를 보호하는 게 최우선이고, 그다음이 피난민들의 퇴로 확보다!!!"

오오야마츠미노카미의 뿌리가 지하도시의 셸터를 찢을 듯 뻗어 나갔다.

바위를 뚫고 나타난 거대한 뿌리는 눈 깜짝할 새에 거주구를 파괴하고 돌아다녔고, 지하도시의 주변에 위치한 호수의 물을 순식간에 빨아올려서 짙은 안개로 바꾸어 주변 일대를 감쌌다.

짙은 안개에 휩싸인 지하도시를 총성과 비명이 가득 메우기 시작했다.

관통된 바위 바닥에서 재버워크가 만들어 낸 거구종이 침입을 개시해 지하도시는 대혼란에 빠졌다.

여자와 아이들의 비명을 들은 카즈마는 이를 갈며 짙은 안개 너머를 노려보았다.

"부탁 좀 하자, 카즈마. 뭘, 괜찮아. 우리도 간단히 죽진 않을 거다."

"…큭, 알겠어. 아자카미, 이쪽이야!!!"

"자, 잠깐만요…!"

카즈마는 가녀린 미요의 목소리를 무시하고 그녀를 안아 올린 채 달렸다.

미요는 얼굴이 새파랗게 질려서 뭐라 말을 하려 했지만, 기침이 심해져서 다음 말이 나오지 않았다.

카즈마가 짙은 안개 너머로 사라지자 제3부대의 일원들은 타치바나와 함께 앞으로 나서, 거대한 철퇴를 어깨에 짊어진 채 아마쿠니 박사를 노려보았다.

"이봐, 재버워크. 하나만 묻자."

"어머. 벌집으로 만들어 놓은 여자에게 목숨구걸이라도 하게?"

재버워크는 즐거운 듯 머리카락을 쓸어 올리더니 허리에 손을 얹고서 고개를 끄덕였다.

"하지만 좋아. 덕분에 오늘까지 꽤 즐겁기도 했으니까. 가능하면 좀 더 계속해 보고 싶었지만, 끝이 있기에 즐거운 시간은 소중하게 느껴지는 법이지."

"……."

"그래서 뭐가 알고 싶은데? 같이 조사하러 다녔던 사이로서 하나만 대답해 줄게."

아마쿠니 박사는 미소를 지은 채 저승길 선물이라는 투로 말했다.

타치바나는 철퇴의 자루를 꽉 움켜쥐고서 자신의 모든 기백을 실어 물었다.

"너… 저 아이가 뭔지 아는 거냐? **어떤 용도로 만들어졌는지도** 다 아는 거냐?"

아마쿠니 박사의 얼굴에서 처음으로 미소가 사라졌다.

"…물론이지. 아마쿠니 박사가 가지고 있던 정보에 기록되어 있었거든."

"넌 시체가 지닌 정보도 뽑아낼 수 있는 거냐."

"후후, 그렇지 않아. 아마쿠니 박사는 척추를 중심으로 한 내장형 입자가속기와 인조 골격에 관리 AI로서의 데이터를 축적하고 있었어. 그걸 내가 추출해 낸 것뿐이야."

본래 시체에서 정보를 추출해 내는 것은 불가능하지만 데이터화된 정보를 추출하는 것이라면 얼마든지 방법이 있다. 관리 AI에게 육체란 결국 소유한 정보를 밖으로 출력하기 위한 외부출력장치에 불과하기에.

"반대로 묻겠는데, 카즈마 군은 알아? 저 아이의 진짜 용도와 지금까지 어떤 생활을 강요받아 왔는지를."

분노로 얼굴을 물들인 채, 타치바나는 거대한 철퇴를 오른쪽 어깨에 짊어지고서 질풍처럼 달려들었다.

"그딴 걸… 저 바보가 알 리가 없잖아!!!"

정면으로 내려친 타치바나의 철퇴는, 단 한 번 내려쳤을 뿐인데 같은 규모의 충격이 끄트머리에서 몇 번이나 발생했다.

철퇴 안에서 충격이 수차례 중첩되어 아마쿠니 박사의 온몸의 뼈를 하나도 남김없이 박살 내기 시작했다.

평범한 상대였다면 이 일격으로 분쇄되어 즉사했으리라.

거구종이라 해도 일격을 받으면 살아남는 것은 거의 불가능하다.

두 방, 세 방, 네 방. 진자처럼 타격을 가할 때마다 충격이 증폭된 철퇴는 셸터 내벽에 구멍을 낼 수 있을 정도의 파괴력을 지니게 되었다.

하지만 아마쿠니 박사는 자신이 입은 상처를 순식간에 치유하고 큰 소리로 웃으며 철퇴를 피하더니 타치바나의 머리를 움켜쥐어 땅바닥에 메다 꽂았다.

"킥…!!!"

"하… 그래, 모른다 이거지!! 그거 잘됐군!! 그렇다면 나도 재미 좀 볼 수 있겠어!!!"

타치바나는 사지가 박살 날 것 같은 일격을 맞고서도 반격을 하고자 철퇴를 움켜쥐었다.

하지만 적이 더 빨랐다.

재버워크로서의 본성을 드러낸 녀석은 피투성이가 된 타치바나의 머리를 붙잡아 제3부대를 향해 집어던졌다.

대장을 받아내지 못하고 같이 날아간 대원들은 치명상을 입은 상태에서도 외쳤다.

"타, 타치바나 대장님!!"

"젠장! 드레이크Ⅲ는 기관포로 당장 응전해라!!"

"시노노메 대장님을 쫓게 두지 마!!"

"전차부대는 타치바나 대장님을 회수해!!"

전함의 기관포가 조준사격을 했지만 순식간에 자신의 몸을 치유할 수 있는 재버워크에게는 전혀 통하지 않았다. 본래는 자신의 발을 묶을 수도 없는 잡병들이지만 녀석은 부질없다는 것을 알면서도 맞서 싸우는 그들을 새로운 장난감이라도 발견한 듯한 눈빛으로 쳐다보았다.

"크크크… 좋아. 장난이 지나쳐 좋을 건 없지만, 잠시라도 함께 시간을 보낸 사이이니 잠깐 놀아 주마. 열등종들…!!!"

아마쿠니 박사의 등 뒤로 나타난 거대한 추룡(醜龍).

지하도시에 차례로 침입하는 창조된 거구종들.

오오야마츠미노카미는 키리시마 연산을 뒤덮고자, 차례차례 모든 것을 집어삼키고자 태동하기 시작했다.

지하도시를 온갖 혼란이 뒤덮은 가운데, 카즈마는 미요를 짊어진 상태로 안개 속을 달렸다. 이미 GⅢ에서 GⅧ의 거구종이 넘쳐 나 곳곳에서 전투가 개시되었다.

미요를 짊어진 상태로는 움직임이 제한될 수밖에 없다. 하지만 내려놓을 수는 없는 일이다.

사자와 비슷하게 생긴 두 마리의 짐승에게 포위된 순간, 미요는 얼굴이 파랗게 질려 눈을 내리깔았다.

하지만 이빨을 드러내고 덤벼드는 거구종을, 카즈마는 머리를 붙잡아 으깨듯 바닥에 처박아 버렸다. 그리고 시체를 차올려 또 한 마리의 짐승에게 날려 버렸다.

왼팔을 쓸 수 없는 현재 상태에서 도검을 뽑아 한 마리씩 처리했다면 한발 늦었을 것이다. 애초에 급소가 어디인지 알 수 없는 상대였다.

머리를 짓뭉개거나 몸통을 박살 내지 않으면 대처가 늦을 것이다.

"아자카미, 눈 감고 있어! 약간 거칠게 싸울 테니!"

"아, 네!"

카즈마는 짙은 안개 속을 달렸다. 통신기로 각 부대의 전황이 전해져 왔다. 전차부대는 밀려드는 적과 오오야마츠미노카미에 대응하기 위해 지하도시를 질주하고 있다.

대기 중인 부대에게는 사전에 전투가 발생할 가능성이 있다고 전해 두었지만, 재버워크가 잠입해 있을 가능성이 있다는 것은 부대장 이상의 인간만 알았다.

이쪽의 움직임을 간파당하는 것을 피하고 싶었고, 아마쿠니 박사 이외의 장기짝이 얼마나 있는지 조사할 필요도 있었기 때문이다.

적의 능력으로 미루어 다른 장기짝도 심어 뒀을 가능성이 높다.

'재버워크가 공격해 올 최적의 타이밍은 기동 실험을 하는 오늘 밤이야. 장기짝을 늘리기 전에 처리하는 수밖에 없었지. 이쪽의 희망은 지원군을 급파하고 있는 샴발라와 중화대륙연방, 그

리고 극동의 원정군 본대인가…!!'

[카즈 군, 들려?!]

"나츠키?! 카이 총괄은 어땠지?!"

[조사해 봤는데 거의 결백했어! 하지만 그의 연구실에서 얻은 수확은 있었어! 미요는 거기 있어?!]

"아, 네. 카즈마 씨에게 업혀 있어요."

[굿 타이밍! '아마노사카호코'는 이 지하도시의 중심지에 있는 오오야마츠미노카미의 뿌리에 꽂혀 있는데, 안전하게 뽑으려면 아마쿠니 박사나 미요의 도움이 필요한 것 같아!]

아자카미의 도움이? 카즈마는 의아한 눈으로 미요를 쳐다보았다.

미요는 겁을 먹은 듯 고개를 돌리고 입을 다물었다. 남에게 알리고 싶지 않은 정보였던 것일지도 모른다. 아마쿠니 박사가 이미 죽은 상태였다는 것을 알게 된 직후라 충격이 남아 있을 가능성도 있다.

"…그렇군. 우리가 모르는 최종 안전장치가 있어서 재버워크가 아마쿠니 박사의 육체로 숨어든 것이었나."

[응. 그 안전장치를 해제하지 않고 뽑으면 '아마노사카호코'가 박살 나도록 되어 있는 모양이야. 뭐, 빼앗겨서 악용당하지 않기 위한 조치지. 미요한테는 미안하지만 그 아이를 데리고 '아마노사카호코'를 확보해.]

238

"알겠어. 아자카미, 조금만 더⋯."

[미요치! 미요치, 살아 있어?!!]

통신에 끼어든 시끄러운 목소리. 그리고 적을 흩뜨려 놓는 포성.

이름을 불린 미요는 화들짝 놀라 카즈마의 목덜미에 얼굴을 가져다 댔다.

"히비키. 저는 무사해요."

[다행이다! 그리고 우리 목소리를 구분할 수 있다니 제법이네, 미요치!]

"네? ⋯아, 네. 저는 날 때부터 눈이 안 좋아서 자연스럽게 귀가⋯."

[아, 그런 얘기는 나중에 하고! 어쨌든 무사해서 다행이야!]

[오오야마츠미노카미가 엄청 날뛰고 있으니까 우리는 그리로 갈게! 어떻게든 시간을 벌 테니까 미요치는 그동안 도망쳐!!]

미요의 얼굴이 더욱 창백해졌다.

그 말은 즉, 자신을 도망시키기 위한 미끼 역할을 맡겠다는 뜻이기 때문이다.

날뛰기 시작한 오오야마츠미노카미를 막을 유일한 수단은 진정제를 놓는 것이지만, 미요가 먼저 도망치면 대항수단이 사라지게 된다.

카즈마도 반사적으로 걸음을 멈출 뻔했지만, 목숨을 걸고 있는 것은 쌍둥이뿐만이 아니다.

'아마노사카호코'를 확보하지 못하면 아무도 도망칠 수가 없기 때문이다.

'하지만 '아마노사카호코'를 확보한다고 해도 어떻게 해야 하지…?! 과연 재버워크와 오오야마츠미노카미를 격퇴할 수 있을까…?!!'

안치시설에 도착한 카즈마는 안전장치를 해제하며 번민에 빠졌다. 지금의 카즈마가 무엇을 할 수 있을지 아무리 생각해 봐도 적과의 전력 차이가 너무 크다.

철수전을 벌인다 해도 막대한 희생자가 발생할 것이다.

"…카즈마 씨."

"응? 왜 그러지?"

"만약… 만약 오오야마츠미노카미만이라도 일시적으로 물리친다면. 원정군 여러분은 이곳에서 퇴각할 수 있을까요?"

갑작스러운 질문에 카즈마는 눈이 휘둥그레졌다. 그녀가 한 말의 의도를 정확하게 파악할 수가 없었기 때문이다.

'아마노사카호코'가 박혀 있는 장소와 이어진 마지막 문을 연 순간….

강철로 된 팔이 카즈마의 등을 향해 소리도 없이 날아들었다.

"큭, 누구냐?!"

발도와 동시에 칼을 휘둘러 호를 그리듯 방향을 전환한 카즈마의 도신이 강철로 된 팔을 찢어 놓았다.

기습을 시도했던 의수와 의족을 장착한 남자는 놀라서 눈이 휘둥그레졌다.

모습을 감춘 채 절대로 회피하지 못할 타이밍을 노렸다가 기습을 한 것이었지만 비상사태에 돌입한 카즈마의 집중력은 어중간한 기습으로 끊길 만한 것이 아니었다.

하물며 지금은 어깨에 지켜야 할 사람을 짊어지고 있기까지 했다.

상대가 인간이라 해도 이 상황에서 적을 베는 것을 망설일 리가 없었다.

의수와 의족을 장착한 남자에게 검을 겨눈 채로 카즈마는 위협하듯 노려보며 물었다.

"…누구냐? 재버워크가 조종하는 시체 중 하나인가?"

"글쎄, 누구일까? 나 자신도 이것저것 너무 많이 섞여서 잘 모르겠으니까 그 질문에는 묵비권을 행사하도록 하겠어."

의수와 의족을 장착한 남자가 사나운 미소를 지은 채 경계 자세를 취했다. 그 말투를 통해 본능적으로 재버워크가 아님을 깨달았다. 인간 협력자가 있다는 사실에 놀랐지만, 지금은 그것을 언급할 상황이 아니다.

조금 전의 공방으로 이미 서로의 실력은 파악한 상태다.

순수한 백병전으로 겨루면 열 번 싸워 열 번 다 카즈마가 이길 것이다. 한쪽 팔을 잃었으니 상대에게는 더더욱 승산이 없다.

의수와 의족을 장착한 남자는 정면으로 붙어 봐야 승산이 없다는 것을 순간적으로 깨닫고는 큭큭 웃으며 원정군의 통신을 도청하던 이어폰을 뺐다.

"소문이 자자하신 적복 님이 야반도주 준비나 하다니, 정말이지 가관이네. 애들은 목숨 걸고 싸우게 두고 너는 로리한 아가씨랑 줄행랑이냐?"

"꽤나 저렴한 도발이군. '아마노사카호코'를 확보해서 그 힘으로 재버워크와 오오야마츠미노카미를 격퇴하면 그만이야. 순서에 맞는 행동인 듯한데?"

미요를 어깨에서 내려놓은 후, 카즈마는 등 뒤에서 빛나고 있는 결정체로 향하라고 손짓으로 지시했다.

"…내가 할 수 있는 일은 끝났어. '아마노사카호코'를 부탁해."

"윽…."

아자카미 미요는 당황해서 두 사람을 번갈아 쳐다보았다.

의수와 의족을 장착한 남자는 도청기 마이크의 음량을 최대로 높이며 웃었다.

[여기는 제1전차 부대!! 오오야마츠미노카미가 멈추지 않습니다!!]

[손상률 20퍼센트를 넘은 놈들은 물러나!!]

[제1부대와 제15부대는 긴급승강기로 지상으로 올라가라!! 죽

이 되든 밥이 되든 뿌리부터 잘라!!]

[사관후보생인 히비키와 후부키도 동행하겠습니다!!]

[이대로는 끝이 없습니다!! 우리도 지상으로 나가 싸우겠어요!!!]

"아, 안 돼요, 히비키! 후부키!!"

미요는 참지 못하고 소리쳤다. 지하는 아직 셸터가 둘러쳐져 있어 이 정도의 공격으로 그치고 있지만, 지상에서는 이와 비교도 되지 않을 정도의 격전이 이루어지고 있을 것이다.

히비키와 후부키가 가도 될 전장이 아니다.

하지만 미요의 비통한 외침은 닿지 않았다. 도청기는 통신의 음성을 출력할 뿐 목소리를 전해 주지는 못하기 때문이다. 의수와 의족을 장착한 남자는 도청기를 끄고는 큰 소리로 웃고서 물었다.

"자, 결단을 내릴 시간이다, 34호!! 언니 노릇을 하던 15호는 인간들로부터 너를 감싸다가 죽어서, 지금은 재버워크 나리의 장기짝에 불과해!! 아마쿠니 0호는 움직일 낌새도 없고 원정군은 못 미덥지!! 이 상황을 타파할 방법이 있나?! 넌 뭘 할 수 있지?!!"

그는 강철로 된 왼팔과 잘린 오른팔을 펼치며 외쳤다.

카즈마는 남자의 말이 이해되지 않아, 숨을 죽인 채 멍하니 서 있었다.

―아카카미 미요가 아마쿠니 박사와 같은 인조생명체라는 사

실은, 두 사람의 외모를 통해 짐작하고 있었다.

카이 총괄과 주민들의 태도가 이상했던 것도 분명 만들어진 생명이라는 것이 원인이었으리라. 그리고 미요의 혈액이 진정제가 되었던 것도 무관하지 않을 것이다.

그러니 카즈마가 멍하니 서 있게 된 이유는 그것이 아니다.

카즈마의 마음에 빈틈을 만든 것은, 남자가 말한 진실이었다.

―언니 노릇을 하던 15호는 인간들로부터 너를 감싸다가 죽어서….

언니 노릇을 하던 15호. 인간들에게 살해당한 15호.

아자카미 미요를 34호라 부르는 것으로 미루어, 15호도 관리 AI가 만들어 낸 생명일 것이다.

그럼 그 15호는 누구일까.

―지금은 재버워크 나리의 장기짝에 불과해.

재버워크의 장기짝. 지하도시에 잠입하기 위해 재버워크가 준비했던 장기짝.

언니 노릇을 하던 15호는 인간에게 살해당했고, 지금은 재버워크에게 조종당하고 있다.

그 모든 조건에 부합하는 인물은 한 명밖에 없다.

…인간에게 살해당할 뻔한 아자카미 미요를 감싸다가, **인간에게** 살해당한 여성.

그것이 아마쿠니 박사라는 사실을 알아챈 그 순간.

작은 나뭇가지가 카즈마의 옆구리를 꿰뚫었다.

"…어?"

푹.

날카로운 통증이 느껴짐과 동시에 소녀가 카즈마의 등에 부딪혔다.

마음의 빈틈을 찔린 카즈마는 무슨 일이 일어났는지 파악이 되지 않았다. 반사적으로 뒤를 돌아보았지만 몸속에 침입한 나뭇가지가 신경독을 분출하여 의식이 날아가려 했다.

카즈마는 그 자리에 쓰러졌지만 독에 지지 않고자 입술을 깨물어 의식을 유지한 채, 간신히 고개를 들어 미요의 얼굴을 보았다.

미요는 피로 물든 두 손으로 얼굴을 가린 채, 보석 같은 눈물을 뚝뚝 흘리며 흐느껴 울고 있었다.

그녀의 팔에는 어째서인지 오오야마츠미노카미와 매우 비슷한 나뭇가지가 돋아나 있었다.

―'미안해요. 이건 분명, 저의 죄.

제가 살고 싶다고 바란 것 자체가 죄였어요.'

눈물을 흘리며 카즈마에게 등을 돌린 아자카미 미요는 '아마노사카호코'를 뽑았다. 의수와 의족을 장착한 남자는 카즈마에게는 눈길도 주지 않고 미요에게 다가가 그녀를 맞으러 온 극채색의 새와 함께 떠나갔다.

흐려지는 시야 속에서 카즈마는 그녀의 등을 노려보았다.

카즈마는 필사적으로 뭐라 외쳤지만, 많은 양의 독에 중독된 그의 말은 어디에도 닿지 않았다.

— 현재는 인류 퇴폐의 시대.

인간은 시대 속에서 무엇을 잃고, 무엇을 상실하고, 무엇을 퇴폐시켰을까.

자, 이제 '세계의 적'과의 싸움을 시작하도록 하자.

MILLION
CROWN

WHAT IS MILLION CROWN....?
A CHALLENGE THAT EXCEEDS
THE POWER OF HUMAN INTELLECT.
THE TALE OF HUMANITY'S
REVIVAL BEGINS.

오래 기다리셨습니다. 『밀리언 크라운』 3권입니다.

실은 가을 즈음에 출간하려고 필사적으로 노력을 해 보았습니다만, 그렇게 쉽게 집필 속도가 빨라지는 것도 아니라서, 〈더 스니커 LEGEND〉의 단편, 구입 특전용 단편, 페어의 단편 등등 단편만 산더미처럼 쓰다가 간신히 반년 이내에 출간하게 되었습니다. 이런 스케줄을 짠 게 누구냐, 나였나?! 뭐든 다 OK한 내가 잘못이냐.

다음 권은 여름 즈음에 출간할 수 있으면 좋겠습니다. 아무래도 연간 네 권이 저의 한계치인 듯하니, 앞으로도 이 페이스를 유지하며 분발하고자 합니다.

이야기는 절정을 향해 움직이기 시작했습니다.

인류 퇴폐의 시대를 지배하는 가장 거대한 적을 앞에 둔 카즈마 일행은 어떻게 싸워 나갈지.

세계의 적이란 무엇을 의미하는 것일지.

애초에 정말로 여름에 출간이 되기는 할지.

여러모로 기대하며 기다려 주십시오.

타츠노코 타로

밀리언 크라운 [3]

2020년 3월 10일 초판 발행

저자 타츠노코 타로 | **일러스트** 코게차 | **옮긴이** 정대식
발행인 정동훈 | **편집 전무** 여영아
편집 팀장 최유성 | **편집** 김태헌 노혜림
발행처 (주)학산문화사 | 서울특별시 동작구 상도로 282 학산빌딩
편집부 02.828.8838(전화), 02.828.8890(팩스) | **영업부** 02.828.8986(전화), 02.828.8989(팩스)
홈페이지 www.haksanpub.co.kr | **등록** 1995년 7월 1일 | **등록번호** 제3-632호

MILLION CROWN Vol.3
ⓒTarou Tatsunoko, Cogecha 2018
First published in Japan in 2018 by KADOKAWA CORPORATION, Tokyo.
Korean translation rights arranged with KADOKAWA CORPORATION, Tokyo.

ISBN 979-11-348-1444-1 04830
ISBN 979-11-348-1441-0 (세트)
값 7,000원

도박사는 기도하지 않아 3

스도 렌 지음 | 니리츠 일러스트

〈제23회 전격소설대상〉 '금상' 수상작!!
노예 소녀와 고독한 도박사의
서툴지만 사랑스러운 생활.

노 맨스 랜드에서 입은 부상도 회복되어 겨우 처음 목적지였던 바스에 도착한 라자루스와 릴라. 마을에서 따라온 지주 이디스와 그녀의 메이드인 필리도 함께 속 편히 느긋하게 관광을 하려 했으나, 한 가지 예상하지 못한 일이 발생한다. 온천과 도박이 명물인 이 도시에서 도박을 관장하는 의전장과 부의전장 간의 치열한 권력 다툼이 일어난 것이다. 바스로 가는 길에 만났던 지인으로부터 충고를 받지만, 이미 늦어 버리고 만다. 온천에 갔다 여관으로 돌아오니 방에는 어질러진 흔적과 홀로 엎어져 있는 피투성이 소녀가 있었다. 라자루스는 귀찮은 일이 일어났다고 생각하면서도 그 소녀를 보호한다. 하지만 그건 음모가 소용돌이치는 바스에서 펼쳐질, 긴 싸움의 서막에 불과했는데….

(주)학산문화사 발행

라스트 엠브리오 6

타츠노코 타로 지음 | 모모코 일러스트

문제아 시리즈 2부.
소동이 일어나는 제6권!

'인류의 적', 살인종의 왕을 일시적으로 쫓아낸 '문제아들'. 흑토끼와 미카도 토쿠테루도 합류한 일행은 체력을 소모한 사카마키 이자요이를 억지로 쉬게 하면서 아틀란티스 대륙의 수수께끼를 풀어 나간다. 그리고 무대는 지하미궁으로 옮겨지고, 최하층으로 향하는 카스카베 요우와 석비를 찾는 나머지 일행. 이렇게 두 팀으로 나뉘어서 탐색을 개시하였지만 갑작스러운 대분화로 사태는 일변하고…. "인류를 '세계의 적'으로 만든 죄를, 과거에 주먹을 휘두를 수 없었던 자의 의무를, 지금 이곳에서 다하도록 하겠다." 지상에 이변이 일어나는 동안, 최하층에서 요우가 만난 상대는…?

(주)학산문화사 발행

종말의 세라프
~이치노세 구렌, 19세의 세계재탄~ 1

카가미 타카야 지음 | 야마모토 야마토 일러스트 | 야마모토 야마토 캐릭터 원안

파멸 후의 세계를 그린
대인기 『종말의 세라프』 신 시리즈 시동!

이치노세 구렌은 죄를 저질렀다. 결코 용납될 수 없는 금기인 인간의 소생이라는 죄를. 죽어 버린 동료를, 가족을 되살리기 위해 발동시킨 실험―'종말의 세라프'로 인해 번영했던 인류는 한 차례 종언을 맞이했다. 살아남은 것은 오니와 아이들뿐. 인구는 10분의 1 이하가 되었고 괴물들이 날뛰며 흡혈귀에 의한 인간 사냥이 이루어지는 세계에서도. 살아남은 인간들은 희망을 가슴에 품은 채 재생을 향해 나아간다. 구렌 역시 용서받지 못할 죄를 가슴에 품고서, 그 누구에게도 들키지 않도록 한 걸음 앞으로 나아가는데….

(주)학산문화사 발행

태엽 감는 정령전기
천경의 알데라민 12
우노 보쿠토 지음 | 류테츠 일러스트 | 정대식 옮김

지금까지 의문에 싸여 있던
세계의 수수께끼가
드디어 밝혀지는 제12권!

카트바나 제국, 키오카 공화국, 그리고 라 사이아 알데라민의 삼국회담의 막이 드디어 올랐다. 키오카의 집정관 아리오 캬쿠레이, 라 사이아 알데라민의 예나 시 라프테스마 교황과 같은 만만치 않은 사람들 사이에, 얼핏 보면 그 자리에 어울리지 않을 듯한 과학자 아날라이 칸이 끼어들면서 회담은 예기치 않은 방향으로 흘러가기 시작한다. 그런 가운데, 적대 관계인 이쿠타와 장은 마치 어린애처럼 순수하게 서로의 의견을 주장하며 격렬하게 충돌하는데….

(주)학산문화사 발행